풍운사일

박선우 新무협 판타지 소설

FANTASTIC ORIENTAL HEROES

풍운사일 8

박선우 新무협 판타지 소설

초판 1쇄 찍은 날 § 2015년 3월 17일
초판 1쇄 펴낸 날 § 2015년 3월 24일

지은이 § 박선우
펴낸이 § 서경석

편집부장 § 권태완
편집책임 § 박용서

펴낸곳 § 도서출판 청어람
등록번호 § 제387-1999-000006호
등록일자 § 1999. 5. 31
어람번호 § 제2-2579호

주소 § 경기도 부천시 원미구 부일로 483번길 40 서경B/D 3F (우) 420-822
전화 § 032-656-4452 팩스 § 032-656-4453
http://www.chungeoram.com
E-mail § chungeorambook@daum.net

ⓒ 박선우, 2014

ISBN 979-11-04-90164-5 04810
ISBN 979-11-316-9137-3 (세트)

풍운사일

CONTENTS

1장

남부 전선

풍운대가 모두 상청궁으로 들어서자 주요 각주를 맡고 있는 운자배 사형들이 먼저 와서 기다리고 있다가 반갑게 맞이해 주었다.

운풍을 비롯해서 차세대 점창을 이끌어 나갈 동량들이 모두 모여 있었는데, 그중에는 운산과 운엽 등 정말 오랜만에 보는 사람들도 섞여 있었다.

그들의 눈으로 봤을 때 풍운대는 기꺼운 사제들이 분명했다.

특히 점창삼신룡으로 불리며 천하를 들었다 놓은 운호와 운상, 운여는 사제들임에도 경외의 대상으로 분류된 지 오래였다.

그러나 그것은 그들뿐이 아니라 출정식을 위해 상청궁 뜰을 가득 메운 삼백의 점창 무인들도 마찬가지였다. 풍운대가 나타나자 일제히 눈을 돌려 존경의 시선을 보내왔는데 그들의 입에서 나온 작은 탄성은 하나가 되어 함성으로 변할 지경이었다.

웅성거리는 소리가 들렸던지 선방이 열리며 청현자를 비롯한 장로들이 나타났다.

현 점창의 최고 배분인 청자배 장로들은 여섯에 불과했지만 그들이 나타나자 상청궁을 위엄으로 가득 채웠다.

"장문인을 뵈옵니다."

청현자를 본 점창의 무인들이 동시에 허리를 숙여 극도의 존경을 표했다.

그의 잘려진 왼팔은 도복으로 가려졌으나 보는 사람으로 하여금 허전함과 쓸쓸함을 피하지 못하게 만들고 있었다.

꽤 많은 시간이 지났음에도 청현자의 없어진 왼팔을 처음 봤을 때의 감정은 여전히 그들의 가슴속에서 지워지지 않았다.

사문을 위해 자신의 팔을 단숨에 잘라 버린 의지.

현명함과 진중함을 동시에 갖추고 대소사를 관장하며 점창의 성세를 회복하도록 만든 장문인이 팔을 잃은 채 산으로 돌아왔을 때 전 문인들은 애통함과 분노로 온밤을 하얗게 새웠다.

"제자들은 고개를 들라."

앞으로 나선 청현자가 남아 있는 오른손으로 부채질하듯 시늉을 하자 정중하게 굽혀졌던 무인들의 허리가 동시에 펴졌다.

청현자의 말이 이어진 것은 제자들의 시선이 자신에게 집중되었을 때였다.

"오늘은 풍운대가 점창의 명예를 걸고 무림으로 나가는 날이다. 제자들은 지금부터 출정식을 시작할 테니 경건한 마음으로 풍운대의 건승을 염원하라."

탕마행 때와 거의 똑같은 출정식은 반 시진 동안 지속되었다.

원시천존(元始天尊), 현천상제(玄天上帝: 北極星) 등 도신들께 대한 제례를 지낸 후 신부(神符) 등의 경전이 낭송되었고 그 뒤를 이어 장문인인 청현자와 장로들의 찬송(讚頌)이 이어졌다.

식이 모두 끝나자 청현자는 풍운대를 앞에 세운 채 명경(明鏡)과 호부(護符)를 채워주었다.

탕마행 때 받았던 것들도 그대로 있었으나 청현자는 깨끗하게 다시 만들어진 명경과 호부를 일일이 제자들의 허리춤에 채워주었다.

명경과 호부는 요괴를 피할 수 있는 귀물로 알려져 있으니 청현자의 그런 행동은 세상에 나가는 제자들의 무사 귀환을 염원했기 때문일 것이다.

명경과 호부를 모두 채운 청현자는 풍운대 모두를 한꺼번에 바라보며 천천히 입을 열었는데 그 모습이 더할 나위 없이 비장했다.

"너희들은 점창의 상징이나 다름없다. 그러니 세상에 나가 천왕성의 야욕을 분쇄하는 데 모든 힘을 기울여 점창의 명예를 드높여라. 알겠느냐?"

"알겠사옵니다."

하산.

출정식이 끝나고 모든 문도들의 환송을 받으며 점창산을 내려온 풍운대는 곧장 신법을 펼쳐 곤명(昆明)으로 이동했다.

사문에서 받은 명은 오직 하나.

한곳에서 머물지 말고 전 전선을 돌며 천왕성에 의해 위기에 처한 무림맹을 구해주라는 것이었다.

언뜻 생각해 보면 쉬워 보였지만 정말 너무나 힘들고 어려운 임무였다.

하나의 전선에 가담해서 전투를 벌이게 되면 오히려 훨씬 수월하게 임무를 수행할 수 있었다.

풍운대의 무력이라면 일개 문파를 상회하는 위력을 지녔기 때문에 전투에서 질 경우가 거의 없었으나 타격전을 벌이게 되면 적들은 풍운대를 잡기 위해 전력을 다하게 될 것이다.

수뇌부 회의에서 이런 결정을 내린 것은 무림맹에게 점창이 전쟁에 얼마나 막대한 영향력을 미치는지 보여주고 싶었음이 분명했다.

그러나 한편으로는 걱정도 되었다.

장문인의 생각은 풍운대가 전 전선을 헤집고 돌아다니며 점창이 참전한 것을 공공연하게 나타낸 후 결정적인 순간에 점창 본력이 출정하는 것인데 자칫 그들의 활약으로 인해 천왕성이 분노하면 점창으로 칼끝을 돌려 선제공격을 할 수도 있었기 때문이다.

점창은 천왕성의 영역에 고립되어 있으니 그럴 가능성도 꽤 크다고 봐야 했다.

천하가 혼돈에 빠져 피를 흘렸으나 운남만큼은 조용함을 넘어 정적에 빠져 있었다.

칠 년 전 칠절문이 무정현을 점령했을 때를 제외하고 지금까지 한 번도 칼부림이 일어나지 않은 운남은 천하통일전과는 전혀 무관하다는 듯이 평온을 유지했다.

하지만 그것이 더 민초들을 두렵게 만들었다.

평온한 삶이 깨질지도 모른다는 불안감은 힘없고 가난한 그들의 정신을 두려움으로 몰고 가기에 충분한 것이었다.

곤명은 운남의 성도로 인구가 오만을 헤아리는 거대 도시였다.

풍운대가 곤명으로 온 것은 활발하게 정보를 수집하고 있는 신응의 본거지가 이곳에 있기 때문이었다.

운곡이 이끄는 풍운대가 강현장에 도착한 것은 점창에서 내려와 이틀 후인 미시 무렵이었다.

강현장은 곤명 외곽에 있는 장원이었는데 규모가 그리 크지 않았지만 정갈하게 꾸며져 있었다.

풍운대를 전각으로 안내해 준 집사가 물러난 후 반각 정도 지나자 사자 수염의 한 중년 사내가 문을 열고 들어섰다.

활비웅 정탁.

바로 신응을 이끌고 있는 사람으로, 점창에서 칠 년간 수련하다 십 년 전 곤명으로 내려와 자리를 잡은 속가 무인이었다.

운학과는 호형호제하는 사이로 전대의 십삼검과도 교분이 두터운 것으로 알려져 있었다.

그랬기에 운곡을 포함한 풍운대는 방으로 들어선 그를 향해 정중하게 예를 갖췄다.

속가 제자지만 따지고 보면 사형뻘이 되기 때문이다.

그러나 정탁 역시 풍운대가 부담되는 건 마찬가지였다.

천하를 들어다 봤다 한다는 점창삼신룡까지 포함된 풍운대는 사제들이라 해도 허투루 볼 수 없는 존재들이었다.

일어섰던 풍운대를 자리에 앉힌 그는 자신의 본분을 잊지 않고 천천히 현재의 전황에 대해서 설명하기 시작했다.

천하통일전은 크게 세 개의 전장을 형성하면서 전력이 집중되는 중이었다.

무림맹 측에서는 천왕성의 예하 세력으로 밝혀진 자들을

제외하고 나머지 삼십팔세의 문파들을 묶어 방어선을 구축하고 있었는데, 시간이 갈수록 전황이 좋지 못한 상태였다.

워낙 많은 문파가 천왕성의 음모에 걸려 반수 이상의 전력을 잃어버렸기 때문에 제대로 된 병력이 남은 건 구룡과 칠대세가의 일부뿐이었다.

특히 호남에 형성된 남부 전선에서는 무림맹의 세력이 연신 패퇴를 거듭하고 있었는데, 혈검쟁투에 참여했던 문파 간의 알력이 그 패배의 원인이었다.

비록 음모에 의해 상잔하는 짓을 하고 말았으나 사랑하는 가족을 잃고 친구를 잃었으니 서로 간의 분노를 멈추지 못했다.

은하문이 주축이 된 호천십문이 중심에 서서 중재를 하기 위해 갖은 노력을 다했지만 결국 그들의 내분을 막을 수가 없었다.

어쩌겠는가.

천하를 집어삼키기 위해 나선 천왕성보다 자신의 아버지와 아들, 그리고 친구를 죽인 자들이 더 미우니 칼이 자신도 모르게 그들 쪽으로 향하는 것을…

적전분열.

안타까운 현실에 남부 전선을 형성한 무인들은 무거운 한숨을 몰아쉬며 공격해 오는 적들의 칼날을 피하느라 정신줄을 놓고 있었다.

하기야 그런 현상은 남부 전선에만 국한된 것이 아니었다.

청당전이 벌어졌던 북부 전선 역시 구룡과 칠대세가의 알력이 독버섯처럼 자라나며 균열을 만들어내고 있었다.

당문의 위기는 거기에서 비롯된 것이었다.

자신들의 가문을 지키기 위해 북부 전선에서 혹처럼 튀어나와 버티는 그들을 천왕성의 예하 세력인 대도문과 풍검문이 집중적으로 공격하기 시작한 것이 벌써 보름 전의 일이었다.

당문의 든든한 우군인 황보세가가 결사적으로 돕고 있었으나 북부 무림의 중심인 구룡은 천왕성 본진의 치열한 공격을 이유로 지원 병력을 보내지 않았다.

일견 그럴듯한 변명이었으나 그 내면을 파고 들어가면 청당전의 앙금이 한몫하고 있음을 알 수 있다.

비록 최전선에서는 수많은 무인들이 접전을 펼쳤지만 북부 무림맹이 꽤 많은 수의 예비 병력을 보유하고 있는 상태였는데도 지원 병력을 보내지 않은 건 구룡을 공격한 당문에 대한 반감 때문이다.

당문은 수많은 피해를 보면서 연신 후퇴를 거듭하고 있었다.

후퇴, 그리고 또 후퇴.

대도문과 풍검문의 전력은 당문과 황보세가의 연합보다 훨씬 강력하고 무서워 당문 연합은 결국 최후의 보루인 간양으로 후퇴하는 중이었다.

일곱 번의 전투에서 당문삼무의 일인인 당추가 목숨을 잃었고 전투부대의 병력은 반으로 줄어들었다.

그러나 무엇보다 괴로운 건 십팔혈룡, 뇌광십삼포, 천뢰삼십이수 등 당문을 대표하는 무인들이 처참하게 찢겨졌다는 것이었다.

주력 무인들 중 살아남은 것은 불과 오 할도 채 되지 않는 상태였다.

거의 반시진가량 지도를 보며 천하 정세를 설명하던 정탁의 시선이 운곡에게 향한 건 당문의 상태를 들은 운호의 얼굴이 심각하게 변했을 때였다.

"내가 봤을 때 이렇게 계속 전쟁이 진행되면 남부는 돌이킬 수 없을 정도로 밀리게 될 것일세. 호천십문이 나서고 있으나 그들 뒤에는 팔황문과 무풍사가 버티고 있기 때문에 앞뒤로 협공 받을 가능성이 커. 그리되면 결국 중부 전선으로 합쳐질 수밖에 없다네."

"팽팽하게 맞선 중부 전선도 위험에 빠지게 되겠군요."

"남부가 밀리면 결국 그리될 수밖에 없지."

"음……."

정탁의 설명에 운곡의 입에서 무거운 한숨이 흘러나왔다.

남부 전선의 문파들이 패퇴를 거듭하다 결국 중부 전선으로 후퇴한다면 이 전쟁은 이길 가능성이 적어진다.

축을 담당하던 한쪽이 무너진다는 것은 둑이 무너지듯 전쟁의 균형을 무너뜨려 패배라는 결과로 나타나기 때문이다.

그랬기에 풍운대가 갈 곳은 정해진 것이나 마찬가지였다.

힘들고 어렵겠지만 가지 않을 수도 없고 반드시 가야 하는 길이였으니 운곡은 고개를 돌려 사제들을 바라보았다.

운검이 무겁게 고개를 끄덕였고 운몽과 운천 역시 뒤를 따랐지만 운상과 운여는 아무런 말 없이 자리를 지킬 뿐이었다.

뭔가 다른 생각이 있다는 뜻이다.

운곡의 입이 다시 열린 것은 먼 곳을 바라보는 운호의 시선을 확인한 후였다.

사제들의 표정이 이상했으나 빠른 시간 내에 결정하고 움직일 필요성이 있었다.

"우리는 호남으로 간다. 남부가 무너지면 이 전쟁은 질 수밖에 없으니 최대한 빨리 움직여 천왕성의 뒤를 친다."

"사형!"

"뭐냐, 운여. 할 말 있으면 하라."

운곡이 시선을 던지자 입을 열었던 운여가 주춤거리며 말을 잇지 못했다.

할 말은 있지만 쉽게 입이 떨어지지 않는 모양이었다.

잠시 주춤대던 그의 입이 열린 것은 운호가 먼 곳에서 시선을 거두고 자신을 바라볼 때였다.

"남부도 위험하지만 당문도 급합니다. 당문 연합이 무너지면 북부도 온전치 못할 것입니다."

뜬금없는 소리다.

뭔가 긴히 할 말이 있을 것 같아 기회를 주었더니 운여는 말도 안 되는 소릴 하고 있었다.

당문이 위험하다 해서 남부처럼 전쟁의 승패를 가늠할 정도로 중요한 건 아니었다.

더군다나 당문의 뒤에는 구룡이 버티고 있기 때문에 아무리 앙금이 남았다 해도 결정적인 순간에는 지원할 가능성이 컸다.

무엇보다 심정적으로 운여의 말을 받아들이기 힘든 건 상대가 당문이라는 것이었다.

칠절문과의 전쟁에서 당문은 온갖 협잡을 일삼으며 점창을 괴롭힌 자들이었다.

물론 대세를 보면 점창의 감정을 생각하더라도 풍운대는 당문보다 남부 전선을 지원하는 것이 맞았다.

그랬기에 운곡의 음성은 뚝뚝 끊겨 나왔다.

"당문은 때가 되면 구룡이 지원할 것이다. 그러니 더 이상 말하지 말라."

"사형, 거기엔… 운호가 사랑하는 사람이……."

운여의 말에 장내가 쥐 죽은 듯이 조용해졌다.

잠시의 침묵.

그러나 그 침묵은 오래가지 않았고 대신 운몽의 성마른 목소리가 카랑카랑하게 울려 나왔다.

"운여, 도대체 무슨 소릴 하는 것이냐. 이렇게 중요한 자리에서 사적인 이야기를 꺼내면 어찌 올바른 결정을 할 수 있단 말이냐!"

"사제, 잠시 기다려. 운여… 무슨 말인지 자세하게 말해보거라."

"그게…….."

"사형, 아무 일도 아닙니다. 운여의 말은 귀담아듣지 마십시오!"

운여가 입을 열려고 하자 급히 운호가 가로막듯 나섰다.

그는 무척 곤혹스러운 표정을 하고 있었는데, 이 상황이 견디기 힘든 모양이었다.

그러나 운곡은 여전히 운여의 입을 바라보았다.

어쩔 수 없는 상황.

운여는 운곡의 강제에 의해 그 옛날 칠절문과의 전투 때부터 맺어졌던 당운영과 운호에 대해서 이야기를 시작했다.

그러고 보니 두 사람의 인연이 참 길고도 진하다.

모든 이야기가 끝났을 때 방 안은 또다시 정적에 잠기고 말았다.

풍운대는 물론이고 자리를 함께했던 정탁마저 입을 열지 못했는데 그는 운여의 말이 끝나자 마른기침을 털어내고 자리에서 일어났다.

"나는 이제 바쁜 일이 있어 일어나겠네. 본문에 급하게 전할 전갈들이 쌓여 있고 내가 직접 확인해야 할 일들도 많아 사제들이 떠나는 걸 지켜보지 못할 것 같으이. 어지러운 세상이니 어딜 가든 몸 보중 잘들 하시길 바라겠네. 자, 그럼 나는……."

역시 연륜은 어쩌지 못한다.

정탁은 본산에서 내려온 사제들이 중요한 결정을 해야 하는 시기가 오자 즉시 자리를 피해 버렸다.

나가는 그를 배웅하고 다시 자리에 앉은 운곡의 표정은 고민에 사로잡혀 있는 듯했다.

하긴 그것은 다른 사람들도 마찬가지였다.

심지어 못마땅한 표정을 지었던 운몽마저도 운어의 말을 모두 듣고 나서는 고개를 돌린 채 더 이상 다른 말을 꺼내지 않았다.

결국 다시 입을 연 것은 운곡이었다.

"운호!"

"예, 사형."

"미안한 말이지만 무림 정세로 봤을 때 풍운대는 남부 전선으로 향할 수밖에 없는 상황이다. 하지만 너의 사정이 그러하니 네가 당문으로 가고자 한다면 풍운대의 수장으로서 너의 당문행을 허락하겠노라."

"그것은 아니 되옵니다."

"운호!"

"저는 점창의 제자로서 사사로운 일 때문에 사문의 지엄한 명을 거역하지 않을 것입니다. 그러니 앞으로 그런 말씀은 하지 말아주십시오."

"음… 네 뜻이 무엇인지 알겠다. 하나 지금의 이 결정이 천추의 한이 될 수 있음을 어찌 모르느냐!"

"후회하는 일이 벌어진다 해도 그것은 저의 몫입니다. 사내로서 약속을 지킬 수만 있다면 그것으로 저는 족합니다."

"너의 약속이 무엇이었느냐."

"그녀를 언제나 사랑한다는 것입니다. 그리고 반드시 찾아가겠다는 것이었습니다."

"그 약속을 지키지 못할 수도 있다."

"지킬 것입니다. 그렇게 하지 못할 경우는 제 목숨이 다했을 때뿐입니다."

"그녀에게 무슨 일이라도 생기면……."

"그래도 마찬가집니다. 그녀는 제가 약속을 지키기 위해서 왔다는 것을 알 테니까 결코 슬퍼하지 않을 것입니다."

"진정 후회하지 않을 수 있겠느냐?"

안타까운 눈으로 운곡이 물었다.

그의 말에 담긴 뜻은 차마 입으로 꺼내기 어려울 정도로 슬픈 것이었기에 운호 역시 대답을 하지 못하고 그저 탁자만 바라볼 뿐이었다.

그런 상황에서 한참이 지났음에도 운호가 대답을 바꾸지 않자 운곡은 결국 힘든 결정을 내리고 말았다.

"우리는 반시진 후 여기를 떠나 호남의 영주(永州)로 이동한다. 전선이 위태롭다 하니 최대한 빠른 속도로 이동할 것이고 도착하는 즉시 천왕성의 요충지를 때릴 생각이다. 다른 의견이 있느냐?'

"남부 무림맹에는 합류하지 않습니까?"

"가급적 무림맹에 합류하지 말라는 장문인의 말씀이 계셨다. 우리는 위기에 처한 무림맹에 도움을 주는 역할만 하면 될 것이다. 다른 의견은?"

"없습니다."

"좋다. 그럼 다들 출발 준비가 끝나는 대로 길을 떠난다."

호남에 구축된 남부 전선에는 천왕성 직속의 일곱 개 전투부대를 요홍이 직접 이끌었으며 예하 세력인 천검회와 수라맹, 천문이 전투에 참여했고 안휘에서 빠져나온 팔황문과 무풍사가 광서의 안복(安福)에 진을 쳤다.

그 외에 천왕성에 호응한 중소 문파가 무려 사십여 개나 참여했기 때문에 호남 인근에 모인 천왕성 세력의 병력은 거의 만 명에 육박했다.

그에 맞서는 남부 무림맹의 주축은 호천십문과 호남, 강서, 광동, 복건의 패주로 위세를 떨쳤던 신마문, 철기맹, 죽련, 파한문, 제천문 등이었다.

그러나 참전한 문파 중 무엇보다 강력한 세력은 구룡의 신성으로 떠오른 모산파였다.

무천십제 중 무검제가 이끄는 모산파는 남부 무림맹의 중심에 서서 전쟁을 이끌고 있었는데 강력한 무력과 도력으로 혁혁한 전과를 보여주었다.

남부 무림맹 역시 삼십팔세 중 열네 개 문파가 뭉쳤고 오십여 개의 문파들이 참전하면서 병력의 수는 천왕성에 밀리지 않았다.

하지만 문제는 역시 지닌 무력에서 차이가 난다는 것이었다.

천왕성에서 나온 부대들은 대적불가의 위력으로 전장에 나설 때마다 적진을 휩쓸어 버렸기 때문에 남부 전선은 시시각각 호남의 중심에서 밀려나는 중이었다.

그동안 무림에 존재했던 어떤 문파의 부대들보다 강력한 무력을 지닌 자들이었지만 남부 무림맹이 이토록 형편없이 밀리는 것은 혈검쟁투에서 입은 상처가 너무 컸고, 문파 간의 앙금이 뇌리에 생생하게 남아 협격이 어려웠던 게 더 큰 이유였다.

적을 앞에 두고 아군끼리 싸운다면 전쟁은 해보나 마나였으나 그들의 분노는 아직도 풀리지 않고 있었다.

신마문이 주둔한 곳은 영주에서 이십 리 동쪽에 위치한 남악(南岳)이었다.

줄지어 이어진 산.

산맥이라 표현하기에는 규모가 작고 산의 위치도 듬성듬성했으나 그럼에도 겹쳐 보면 하나로 연결된 것처럼 보일 정도로 험준했다.

이곳에 신마문과 산하의 다섯 개 문파가 방어선을 친 것은 벌써 열흘도 넘은 일이었다.

전략적 요충지 중 하나.

남악을 관통당하는 순간 성도인 장사(長沙)를 뺏기는 건 명약관화(明若觀火)한 일이었다.

그랬기에 남부 무림맹에서는 남악 방어선을 지키는 신마문의 후미에 은하문을 배치해서 교대로 천왕성의 돌파를 막고 있었다.

신마문의 풍호당주 나극수는 방어진지를 둘러본 후 천천히 전막으로 돌아갔다.

이전에 벌어진 전투에서 왼쪽 팔과 옆구리에 상처를 입었고 허벅지 쪽에도 피가 흘러나와 그의 모습은 혈인(血人)으로 보일 지경이었다.

전막으로 들어온 나극수는 가볍게 한숨을 몰아쉬고 열린 틈으로 보이는 벌판을 노려봤다.

검에 의해 왼쪽 눈이 스치면서 시력이 반으로 줄었으나 벌판은 스산하게 눈으로 들어왔다.

이제 앞으로 이틀만 버티면 은하문과 교대가 되면서 후방으로 물러날 수 있다.

하지만 쉬워 보이지는 않는다.

천이백에 달하던 병력은 다섯 차례의 교전 끝에 육백으로 줄었는데, 그중 백오십이 신마문 병력이니 대부분 죽어간 자들은 산하 문파의 무인들이다.

전쟁에서, 특히 무인들 간의 싸움에서 지닌 무력이 부족하다는 것은 죽음과 직결되는 것이었다.

죽어간 자들의 눈이 아직도 선했다.

얼마나 아팠을까.

팔다리가 잘리는 고통 속에서 죽어간 그들의 영혼은 온전하게 하늘로 올라가기 어려웠을 테니 참으로 불쌍하고 또 불쌍하다.

천왕성의 야욕이 얼마나 무모하고 어리석은지에 대한 탓은 하고 싶지 않았다.

자신 역시 고사리 손으로 검을 잡은 이후 지금까지 항상 영웅으로 살아가고 싶다는 무인의 의지를 키워왔다.

그 의지의 끝.

패주가 되어 지역을 호령하며 세력을 키워 막강한 영향력을 행사하고 싶어 했던 것은 어쩌면 천하통일의 야망을 신마문도 꿈꿔왔기 때문일 것이다.

천왕성은 마두가 아니었고 마귀도 아니었다.

오직 저들의 바람은 무인으로 태어나 강력한 힘으로 천하를 바라보는 것뿐이다.

자신은 그들의 반대편에 서서 그들을 막을 뿐이니 대의를 쫓는 허수아비나 다를 바가 없다.

평생의 경쟁 상대이자 숙적인 제천문이 철혈문에 가담함으로 인해 신마문 역시 혈검쟁투에 뛰어들 수밖에 없었다.

제천문이 전쟁에서 승리한 후 피의 동맹을 맺은 문파들과 연합하여 신마문을 압박할 수 있다는 이유 때문이었다.

그러나 어찌 이유가 그것 하나뿐이겠는가.

판이 벌어지면 춤을 추고 싶어 하는 무인의 욕망.

그렇다. 바로 평생을 익혀온 칼을 꺼내어 피를 보고 싶어 하는 잔인한 인간의 본성이 그런 결정을 내리게 만들었는지도 모른다.

그러나 그러한 욕망이 지금의 결과를 만들어냈으니 인간사가 얼마나 우습단 말인가.

피의 동맹을 맺었던 천검회와 수라맹은 이제 적이 되어 이리의 이빨을 드러낸 채 목을 죄어왔고 그토록 미워했던 제천문은 아군이 되어 그들에 맞서 격렬하게 싸우니 어찌 웃음이 나오지 않겠는가.

풍호당의 방어선은 남악 중에서도 가장 중요한 성산이었다.

성산은 남악의 중앙에 위치한 해발 칠십 장의 중산으로, 만약 이곳이 점령당한다면 뒤쪽의 오솔계를 넘어 남악이 관통당할 수 있다.

그랬기에 그들 뒤에는 신마문주 전륜왕이 직접 친위대를 이끌고 오솔계를 막고 있었다.

성산을 막았던 병력은 이백에 불과했으나 모두 신마문의 정예로서 다섯 차례의 전투를 치르면서 한 번도 정상을 뺏기지 않았다.

하지만 그 다섯 차례의 전투에서 팔십이 죽었기 때문에 이제 남은 병력은 단 백이십 명뿐이었다.

처참한 몰골.

그들의 몸은 온통 붕대투성이었다.

치열한 전투를 겪으면서 나극수 못지않게 많은 부상을 입은 그들의 모습은 패잔병이나 다름없는 것이었다.

전막 밖을 바라보는 나극수의 표정은 점점 어두워져 갔다.

곧 천왕성의 공격이 재개될 것이며 이번 공격을 더 이상 막아내지 못할 것이란 예감을 했기 때문이었다.

처음부터 이 전쟁에 참여하는 것 자체가 무리였다.

혈검쟁투를 거치면서 전력은 거의 반 이상이 손상되었고 주력 무인들도 상당수 목숨을 잃었다.

상처를 치료조차 하지 못한 채 투입된 전선은 지옥이나 다름없었다.

천왕성의 전력은 상상을 초월할 정도로 강해서 뛰어난 지리적 유리함을 안고 싸웠는 데도 겨우겨우 버텨낼 뿐이었다.

그들과 교대하면서 빠져나가는 은하문 무인들의 처참한 몰골을 보면서 힘들 거란 예상을 했지만 상황은 훨씬 더 좋지 않았다.

천천히 자리에서 일어났다.

벌판을 가득 메운 채 다가서는 적의 병력이 마치 개미 떼처럼 보였다.

성산벌의 규모는 삼만 평이 넘는데 이곳을 통과해야 신마문이 지키는 남악을 전권에 놓을 수 있었다.

나극수는 칼을 들고 천천히 전막을 빠져나와 자신들 쪽으로 다가오는 천왕성의 병력을 확인했다.

오로진격(五路進擊).

천왕성의 공격은 신마문이 펼쳐 놓은 방어선을 따라 다섯 군데로 분산되었는데, 이곳을 공격하는 건 바로 혈검쟁투 때 동맹으로 싸웠던 천문이었다.

하지만 이렇듯 신마문이 고전하는 것은 천문을 돕고 있는 천왕성의 주력 병력 때문이었다.

천문 역시 혈검쟁투를 치르면서 상당한 피해를 입었고 주력 무인들도 많이 잃은 상태였으나 천왕성의 주력 병력이 합류하자 막강한 위력을 발휘하고 있었다.

성산으로 다가오는 병력은 대충 봐도 삼백이 넘었다.

하지만 나극수가 신음을 흘린 건 그들 전면에 등장한 백에 달하는 붉은 전포 무인들로 인해서였다.

천왕성의 주력부대 중 하나인 일운강의 전대 중 하나가 천문을 지원하기 위해 나선 것이 분명했다.

이곳까지의 거리는 이제 백 장.

신법을 펼쳐 날아온다면 불과 일각도 걸리지 않을 거리였다.

고개를 돌려 전륜왕이 지키는 오솔계를 향해 고개를 돌렸다.

평생을 모셔왔던 전륜왕의 모습을 한 번만이라도 보고 싶었으나 이미 때는 늦었다.

수하들은 다가오는 자들을 확인하고 어이없다는 얼굴을 하고 있었다.

지금까지는 비슷한 병력과 부딪치며 싸웠는데 이번은 거의 세 배가 많았고 기세도 심상치 않았다.

그렇다고 두려움에 떠는 것은 아니다.

목숨을 걸고 싸우는 전장에서 불리하다고 도망을 친다는 것은 한 번도 생각해 보지 않았다.

무인으로 살아온 삶.

비굴한 연명을 택하느니 명예로운 죽음을 택할 뿐이다.

나극수는 검을 들고 진지를 형성하고 있는 칠부 능선으로 나갔다.

오르는 길은 나무를 베어 시야를 확보했고 오부 능선부터는 바윗길이니 공격해 오는 적들의 신형은 모두 한눈에 들어왔다.

검을 치켜든 채 긴장된 눈으로 산 아래를 바라보는 수하들의 몰골은 비참하기 짝이 없었다.

죽을 걸 뻔히 알면서도 적이 오기를 기다리는 그들의 심정은 어떨까.

미안했고 불쌍했다.

강하고 멋진 수장으로 남고 싶었지만 자신의 몰골은 그들과 크게 다를 바가 없어 제대로 된 위로의 말조차 하지 못했다.

수하들은 자신을 바라보고 있지 않았다.

오랜 세월을 같이했던 수하들은 마지막 죽음의 순간에 자신을 보려 하지 않았다.

안다, 그 마음.

그들은 알 것이다.

싸움이 시작되면 누구보다 먼저 적들을 향해 자신이 뛰어들 거란 사실을…

먼저 가는 수장의 얼굴을 보지 않겠다는 그들의 마음이 그를 더욱 아프게 만들었다.

친동생처럼, 또는 자식처럼 함께 살아왔던 수하들의 죽음은 눈물조차 흘리지 못할 만큼 뼈저리는 아픔을 그의 가슴속에 새겨놓았다.

그럼에도 한마디 말조차 꺼내어 그들을 위로하지 않았다.

전쟁에 나선 무인에게 동정은 치욕이며 두려움은 패배의 지름길이었으니 언제나 의연하고 당당하려 무진 애를 썼다.

그럼에도 숨겨놓은 고통은 점점 커져 이제 감당할 수조차 없을 만큼 커졌다.

이제 이 한 번의 싸움이 끝나면 더 이상 보고 싶은 얼굴들을 볼 수 없게 될 것이다.

슬픔과 분노를 내려놓기 위해 무진 애를 썼지만 마지막 순간이 다가오자 자신도 모르게 눈물이 배었다.

이를 악물고 참았다.

수하들에게 못난 꼴을 보이지 않기 위해 이를 악물자 눈물은 참을 수 있었으나 눈이 시뻘겋게 달아올랐다.

겨우겨우 정신을 수습하고 검병을 부여잡았다.

날아오는 적들의 신형은 점점 더 선명해졌고 훨씬 가까워져 있었다.

갑작스럽게 뒤쪽에서 귀를 자극하는 청명한 소리가 들려온 것은 바위에 왼발을 걸쳐 놓고 언제든지 접전을 펼칠 수 있도록 준비할 때였다.

"우리가 좀 거들어도 되겠소?"

너무 놀라 뒤를 돌아보자 흑색의 전도복을 멋지게 차려입은 일곱 명의 무인들이 귀신처럼 나타나 있었다.

어떻게 나타난 것일까.

전면은 수하들이 면밀하게 주시하고 있었으니 이들이 넘어온 건 문주가 지키는 오솔계 쪽이 틀림없었다.

흑의의 전도복, 거기에 붉은 독수리.

나타난 자들은 점창의 인물들이 틀림없었다.

"그대들은 점창 사람들이오?"

"그렇소."

"여기 온 이유는?"

"도와주러."

"당신들만 온 거요?"

"그렇소."

"진정 이해할 수 없군. 저들의 숫자가 보이시오? 잘 안 보
인다면 우리 쪽 숫자는 명확하게 보이겠지. 당신들 여덟이 더
해진다고 뭐가 달라지겠소. 여긴 지옥이오. 당신들이 와준 것
은 고마우나 죽을 자리에 왔으니 또한 반갑지 않소. 그러니
돌아가시오."

"우리는 죽으러 온 것이 아니라 그대들을 구하러 왔소. 그
러니 반가워해도 되오."

운곡의 평온한 대답에 나극수의 얼굴에서 천천히 변화가
일어났다.

처음에는 의외의 출현에 놀랐기 때문에 기도를 살피지 못
했는데 막상 나타난 자의 표정과 음성이 상황과 어울리지 않
게 너무 평온한 것을 뒤늦게 알아내고는 검미를 찡그렸다.

뭔가 다르다.

어딘지 모르게 뿜어져 나오는 고수의 기운.

평온함 속에서 풍겨 나오는 서늘하고도 무거운 기세는 분
명 자신의 상상을 뛰어넘는 고수의 기도임이 분명했다.

갓 이립을 넘은 나이.

아니다. 몇은 이립도 넘지 않을 만큼 젊다.

도대체 이런 나이에 어찌 이렇게 막강한 기도를 자연스럽게 흘릴 수 있단 말인가.

새삼 풍운대가 풍기는 기도에 몸이 떨려왔다.

정신을 차리고 면밀히 살피자 하나하나가 자신이 모시고 있는 전륜왕에 비해 떨어지지 않을 정도로 엄청난 무인들이다.

나극수의 음성이 잘게 떨려 나온 것은 운곡의 시선이 산으로 접어든 붉은 전포 무인들에게 향했을 때였다.

"대단한 기도요. 이 정도의 기도를 나타내다니 당신들의 정체가 도대체 뭐요?"

"우리는 점창의 풍운대라 하오."

"나는 풍운대란 이름을 처음 듣소."

"그럴 겁니다. 풍운대란 이름을 걸고 강호에 나온 것은 처음이니 모르는 게 당연하오. 하지만 아주 초출은 아니니 걱정하지 마시오."

"초출은 아니다?"

"풍운대란 이름은 알려지지 않았으나 탕마행을 한 사람들이 바로 우리니까 들어보기는 했을 것이오."

"탕마행… 그렇다면 당신들이……."

"자, 적들이 거의 다 왔으니 죽지 않으려면 먼저 싸워야 되지 않겠소. 궁금한 건 나중에 물어보시오."

운곡이 웃음으로 답한 후 슬쩍 검을 뽑아 들었다.

붉은 전포 무인들은 이미 오부 능선을 넘어 바람처럼 방어선을 향해 돌진해 오고 있는 중이었다.

풍운대는 방어선을 지키지 않고 적들을 향해 마주 뛰어나 갔다.

일격일살.

그토록 무서운 기세를 내뿜으며 돌진하던 일운강의 검귀들이 풍운대의 질주에 속수무책으로 나가떨어졌다.

무풍지대처럼 휩쓸어 버리는 풍운대의 위력은 가히 경천 동지.

누가 저들을 상대할 수 있단 말인가.

불과 일다경이 지났을 뿐인데 이미 붉은 전포의 무인들, 일 운강의 검귀들은 땅바닥에 차갑게 식은 육신을 셀 수 없이 내려놓고 있었다.

뒤쪽에서 검을 빼 들고 있던 나극수는 어이없는 표정으로 입을 떠억 벌렸다.

자신의 물음에 대답하지 않은 채 검을 뽑은 자들의 정체가 미치도록 궁금했다.

그의 궁금증은 점창삼신룡이 과연 이들 중에 들어 있냐는 것이었다.

최근 일 년 동안 강호를 떠들썩하게 만들었던 점창삼신룡의 신화는 무림에 살고 있다면 모르는 자가 없을 정도였다.

그들이 강호를 횡단하며 시행한 게 바로 탕마행이었으니 풍운대 속에 그들이 들어 있을 가능성은 매우 컸다.

의문이 걷히고 개안이 시작된 것은 눈 깜짝할 사이에 벌어진 일이었다.

무인으로서 이런 장면을 보게 될 줄은 꿈에도 생각하지 못했다. 마치 스스로 알아서 쓰러지기라도 하듯 일운강의 검귀들은 풍운대의 공격에 픽픽 나가떨어졌다.

특히 가장 전면에 선 세 사람은 신위는 가히 폭풍과도 같았다. 검에서 뻗어 나오는 검기의 비산은 마치 우박이 쏟아져 내리는 것처럼 보일 지경인데, 단 일수에 두셋씩 쓰러져 갔다.

자신의 식견으로는 저들의 무력이 어느 정돈지 가늠조차 되지 않을 정도다.

직감적으로 알 수 있었다, 저들이 소문으로만 듣던 점창삼신룡이고 자신들은 죽음을 면했다는 것을.

운호는 자신을 향해 날아온 검기들을 튕겨내고 공격해 온 자를 확인했다.

강력한 기세를 뿜어내고 있던 검귀들보다 훨씬 지독한 살기를 내보내고 있는 자들.

생각할 것도 없이 이자들이 적색 전포 무인들의 수장임을 알았다.

선두에서 일운강의 검귀들을 상대해 본 결과 이들은 그동안 겪었던 천검회나 팔황문의 부대에 비해서 훨씬 강한 무력을 지니고 있었다.

왜 신마문이 유리한 지형을 지니고도 이토록 고전했는지

금방 이해될 정도로 강한 자들이었다.

그러나 그런 검귀들도 운호를 공격해 온 자들과 비교하자 어린아이로 여겨질 정도였다.

무시무시한 파공성과 함께 세 명의 사내가 날아왔는데, 그들의 검에서는 연신 검기의 산탄이 쏟아져 나오고 있었다.

검귀들과 똑같은 복장을 입었으나 어깨에 달린 견장이 다르다.

금색의 용이 그려진 견장은 햇빛에 반사되며 눈부시게 빛났는데, 그들이 뿜어내는 검기와 함께 운호의 눈을 극렬하게 자극해 왔다.

얼굴에 담겨 있는 분노가 슬퍼 보였다.

수많은 수하들의 죽음에 충격을 받았던지 그들의 얼굴은 금방이라도 눈물이 쏟아질 것처럼 충혈되어 있었다.

사일검법의 방어 초식, 비화를 펼쳐 공격을 막아낸 운호는 곧장 분광을 꺼내 들었다.

지금까지는 중삼식까지만을 연환시키며 상대했으나 공격해 온 자들의 무력을 봤을 때 단 일격에 격살하기 위해서는 분광이 필요했다.

전쟁.

피가 흐르는 전쟁에서는 적을 무력화시키는 것보다 일격에 숨통을 끊어놓는 것이 무엇보다 중요하다는 것을 수많은 전투 경험으로 알았다.

동정은 필요 없다.

전쟁은 인간성을 말살시키는 괴물이니 그에 맞게 행동하지 않는다면 더한 고통과 슬픔을 만들어내기 때문이다.

쾅!

아무리 강력한 고수라도 절대의 경지에 들어서지 못한 이상 운호의 일격을 받아낼 수 없다.

피를 뿜으며 날아간 사내들은 사지가 잘린 채 일어서지 못했는데 얼마나 강력했던지 충돌의 여파로 얼마 남지 않은 일운강의 검귀들이 뒤로 튕겨 나갈 정도였다.

전투는 불과 한 시진도 걸리지 않았다.

악귀처럼 덤비던 천왕성의 직속부대 일운강이 처참하게 쓰러지자 천문의 전투부대와 그들에게 빌붙었던 중소 문파의 무인들은 공격을 멈추고 후퇴를 했다.

전장에는 싸움의 중심이 되는 곳이 있고 남악 전선의 중심은 바로 이곳 성산이었다.

그 성산 싸움이 일방적으로 끝나자 나머지 거점을 공격하던 천왕성 측의 병력이 주춤거리다가 물러나기 시작했다.

너무나 어이없는 결과.

이번 공격으로 성산을 함락시키기 위해 전력을 집중시켰던 천왕성의 공격이 단시간 내에 실패로 끝나자 싸움은 금방 소강상태로 빠져 버렸다.

또다시 피로 물든 능선.

수많은 시신과 남은 자들의 통곡이 마치 지옥처럼 여겨질 만큼 진인하게 펼쳐졌다.

　풍호당의 무인들은 또 한 번의 싸움으로 겨우 오십 명만 남았다.

　제대로 움직이기 힘들었던 자들이 사십에 육박했으니 그렇게 살아남은 것도 어찌 보면 기적에 가까운 일이었다.

　불과 한 시진 만에 양측에서 발생한 사상자는 거의 이백오십에 달했다.

　신마문에서 입은 손실이 칠십이었으니 백팔십이 천왕성 병력의 손실이었다.

　거의 일방적인 승리.

　하지만 얼굴에 웃음을 매단 사람을 찾아볼 수가 없을 정도로 분위기가 무거웠다.

　팔 한쪽이 끊어진 나극수가 긴급하게 지혈을 한 채 운곡에게 다가와 허리를 깊이 숙인 것은 살아남은 수하들을 수습하고 난 후였다.

　그는 천문의 비혈당주와 치열한 접전 끝에 팔 한쪽을 잃었지만 끝끝내 버텨내어 목숨을 부지했다.

　만약 풍운대가 일운강의 공격을 철저하게 차단해 주지 않았다면 그는 비혈당주의 칼에 목숨을 잃었을지도 몰랐다.

　"목숨을 살려주신 은혜, 감사하오."

　"해야 할 일을 했을 뿐이니 너무 마음에 두지 마시오."

"목숨 빚은 평생을 갚아도 부족하다 배웠는데 내 어찌 잊을 수 있겠소. 언젠가는 반드시 이 은혜를 갚을 날이 있을 것이오."

"그나저나 이제 남은 병력으로는 이 능선을 방어하기 힘들 것 같은데 어찌실 요량이오?"

"문주님의 뜻에 따를 것이오. 남악 방어선을 지키느라 우리 신마문은 전력의 대부분을 상실했기 때문에 더 이상 이곳을 지키기 힘들 것 같소. 후방을 지키는 은하문이 앞으로 나서지 않는다면 아마 우리 문주님도 방어선을 포기할 수밖에 없을 것이오."

어두운 표정.

현실을 직시하고 판단하는 나극수의 얼굴은 근심으로 가득 차 있었다.

스스로도 더 이상 싸우기 어려울 정도의 부상을 당했고 살아남은 오십여 명도 전신이 상처로 뒤덮여 움직이기가 쉬워 보이지 않았다.

이것은 성산을 지키는 무인들에 한정된 것이 아니었다.

남악 다섯 개의 방어진지에 살아남은 병력은 이제 겨우 삼백에 불과했다.

천이백의 병력이 은하문과 교체되어 방어선을 펼친 것이 십 일 전이었는데 겨우 이 할만 살아남았으니 단시간 내에 얼마나 치열한 접전을 펼쳤는지 충분히 알 수 있었다.

그랬기에 운곡은 나극수의 대답을 들은 후 천천히 고개를 돌려 산 아래에 펼쳐진 벌판을 바라보았다.

남부 무림맹만 입은 타격이 아니다.

천왕성 측도 남악 방어선을 돌파하기 위해 막대한 손실을 입었기 때문에 양측의 사상자는 이루 헤아릴 수 없이 많았다.

하나 그것이 어찌 남악 방어선에만 생긴 일이겠는가.

전 전선이 이토록 치열하지는 않았겠지만 전면전이 벌어진 이상 중원 중심을 가로지르며 형성된 전선은 무인들의 시신으로 가득 덮였을 것이다.

운곡이 발길을 돌리기 시작한 것은 신마문의 부당주가 부상자를 이끌고 동료들의 시신을 수습하기 시작했을 때였다.

"우린 이제 가야겠소. 당주께서는 몸 보중하시오."

"어디로 가십니까?"

"행선지는 없소. 그저 무림맹이 위험에 처한 곳이라면 어디든지 가오."

"허어! 오솔계까지 가려면 한 시진은 족히 걸릴 테니 서둘러야 되겠구려. 정말 고맙소. 신마문은 당신들의 도움을 기필코 잊지 않겠소."

2장

전곡전투

무갑을 착용한 무인들의 전신에서 슬금슬금 뿜어져 나온 기세가 대청을 무거운 기운으로 가득 덮었다.

십여 장이 훌쩍 넘는 대청에 모인 사람들의 숫자는 모두 합해 스물둘.

무갑에 전포를 차려입은 모습은 전쟁터에 나서는 장수답게 위용이 넘쳤고 대단한 압박감을 나타냈다.

그러나 그들의 얼굴은 그리 밝지 않았다.

탁자 중앙에 앉아 있던 요홍의 표정도 양쪽으로 도열해서 앉아 있는 전투부대의 수장들과 크게 다르지 않았다.

압도적이었던 남부 전선의 전투에 이상이 생기기 시작한

것은 보름 전부터였다.

천문과 천검회가 맡고 있던 최남단 남악 전선은 천왕성 직속의 일운강이 지원에 나서면서 금방이라도 함락시킬 정도로 유리한 상황이었으나 풍운대가 성산전투에 참전함으로써 끝내 방어선을 무너뜨리지 못하고 후퇴를 했다.

문제는 남악 전선뿐만 아니라 소하강변에 뿌려진 방어진지 등 세 개의 전선에서 천왕성이 패퇴를 당했다는 것이었다.

뒤로 밀려난 네 개의 전선은 압도적인 무력으로 우세를 점하고 있었기 때문에 전력을 집중해서 일직선 강행 돌파를 시도하려던 곳이었다.

전쟁에서 시간적 여유를 얻는다라는 것은 찢어졌던 방어선을 다시 봉합시킬 수 있다는 걸 나타내는 것이었고 부족한 부분의 보완이 가능하다는 걸 의미했다.

전장에서의 한 시진은 삶과 죽음을 수천 번도 넘게 결정지을 수 있을 만큼 긴 시간이었으니 천왕성의 후퇴는 무림맹의 숨통을 트여주기에 충분한 것이었다.

시간을 번 남부 무림맹은 전열을 가다듬고 병력을 보충하면서 방어선을 다시 구축했기 때문에 전투는 소강상태로 넘어가는 것처럼 보였다.

요홍의 입장에서는 절대 받아들일 수 없는 상황이었다.

남부의 총지휘권을 넘겨주며 성주 대행을 맡고 있는 큰형, 요문은 그에게 최단 시간 내에 강서의 남창을 점령해서 중부 전선을 압박해 달라는 주문을 했었다.

비록 나중에 모산파가 중부 전선에서 떨어져 나와 남부 전선에 가담한다 하더라도 충분히 밀어붙일 수 있는 전력을 구축했기 때문에 아무런 문제가 없을 거라 생각하며 걱정하지 말라는 말을 남겼다.

그리고 그 예측은 정확하게 맞아들어 호남에 설치해 놓았던 무림맹의 일차 방어선 신녕(新寧)을 십 일 만에 깨버렸고 이차 방어선 소양(邵陽)도 불과 칠 일 만에 깨버려 호남 정복은 시간문제로 여겨졌었다.

그런데 그런 우세가 일곱에 불과한 풍운대로 인해 정체되고 있었으니 요홍의 속은 새카맣게 타들어가는 중이었다.

"그놈들의 행적은?"

"악록산(岳麓山)을 넘은 것 같습니다."

"왜지?"

"우리의 전진을 방해하기 위해 기다리는 것 같습니다."

"갈수록 태산이라더니 꼭 그 짝이군."

풍운대가 악록산을 넘은 것은 아주 단순한 이유다.

악록산은 현재 천왕성의 남부 병력이 치열한 접전 끝에 교두보를 확보하고 정상을 정복하기 일보 직전인 곳이었다.

남악의 성산보다 훨씬 더 중요한 남부 전선의 요충지가 바로 악록산이었다.

악록산을 넘으면 호남의 성도 장사(長沙)를 함락하는 건 시간문제였기 때문에 무림맹에서도 전력을 다해 방어하는 중이었지만 교두보를 확보한 이상 돌파는 어렵지 않게 여겨졌다.

문제는 천왕성을 가로막고 있는 자들 중에 점창의 풍운대가 끼어 있다는 것이었다.

점창삼신룡이 포함되어 있는 풍운대의 전력은 그들이 참전한 전선의 결과에서 나타났듯이 막강한 위력을 발휘하면서 전쟁의 승패마저 결정짓고 있었다.

뾰족한 수가 생각나지 않았다.

악록산을 돌파하기 위해서는 그들을 때려잡을 전력이 투입되어야 한다는 뜻인데 그것이 쉽지 않았다.

병력으로 해결될 일이 아니라 그들을 상대할 고수들이 필요하다는 뜻이기 때문이다.

세 명의 절대고수와 다섯 명의 초절정고수를 단숨에 처단한다는 건 천왕이십오성 중 몇이 협력을 하거나 성주를 지근거리에서 보필하고 있는 삼공 또는 오패가 나서야 된다는 걸 의미하는데 그들은 만 리 너머 청해에서 나오지 않은 상태였다.

머리가 지끈거리며 아파왔다.

이대로 풍운대를 해결하지 못하면 싸움은 점차 미궁 속으로 빠져들 것만 같았다.

떡을 먹다가 목에 걸린 느낌.

물론 그들을 상대할 무인들이 없는 것은 아니었다.

지금 당장 남부군 내에서도 천왕이십오성에 포함된 무인

이 아홉이나 있었고 천왕칠십이기에 이름을 올린 초절정의 무인들도 스물이나 와 있었다.

그럼에도 그들을 투입하지 못하는 이유는 나머지 전선에 차질이 발생할 수 있기 때문이었다.

그들을 빼게 되면 자칫 반격을 당해서 지금까지 뺏은 거점들을 다시 돌려줘야 하는 경우가 발생할지도 몰랐다.

남부 무림맹이 지금은 밀리고 있으나 작은 틈만 생겨도 반격의 빌미는 언제든지 만들 수 있었다.

요홍의 한숨에 제장들이 말을 꺼내지 못하고 있을 때 방문이 열리며 천검회의 총사 천기수사 화문탁이 조심스럽게 들어왔다.

그는 대청의 앞까지 걸어 들어와서 허리를 깊숙이 숙여 인사를 한 후 천천히 고개를 들어 요홍을 바라보았다.

요홍의 얼굴이 일그러진 것은 이곳이 그가 올 자리가 아니기 때문이었다.

그가 천왕성 삼뇌 중 하나이며 천뇌 설운호의 막내 사제였지만 요홍은 그가 절실히 필요했음에도 결국 남부군 본진으로 불러올리지 못했다.

바로 화검제 때문이었다.

화문탁은 화검제가 분신처럼 아끼는 사람으로 언제나 그의 곁에서 움직이지 않았다.

비록 그가 총사령의 임무를 띠고 이곳에 와 있었지만 천검

회의 화검제와 무풍사의 창제에게만큼은 직접적인 지시를 피했다.

천왕성 내에서의 위치로 봤을 때 그들의 입지는 그보다 훨씬 강해 함부로 대할 수 없는 사람들이었다.

그랬으니 화문탁은 그에게 그림의 떡이나 다름없는 머리였다.

"그대가 어쩐 일인가?"

"화검제께서 보내셨습니다."

"무슨 일로?"

"사령께서 고민하고 있을 거라면서 저한테 풀어주라 하더이다."

"허어……."

고민을 해결해 준다는 말에 눈이 번쩍 떠지며 탄식이 흘러나왔다.

더 이상 해결 방법이 없다면 자신이 직접 친위대를 이끌고 안록산을 넘고자 했다.

총사령이 할 일은 분명 아니었지만 그만큼 풍운대의 존재는 가시처럼 목구멍에 달라붙어 떨어지지 않았다.

화문탁의 입이 느리게 열린 것은 그가 뒤로 물렸던 상체를 다시 앞으로 숙일 때였다.

"화검제께서는 총사령께 삼공이 길수(吉旨)에 있다는 것을 알려주라고 하셨습니다."

"뭐라! 삼공이 길수에 있어!"

"그렇사옵니다."

"그들이 어째서 그곳에 와 있단 말인가?"

"성주님의 명으로 모종의 임무를 띠고 나오셨다고 들었습니다."

"푸하하… 그렇단 말이지."

화문탁의 말을 들은 요홍의 입에서 통쾌한 웃음이 흘러나왔다.

삼공은 천왕성 중에서도 내성에 머물며 거의 이십 년 동안 움직이지 않았던 천왕성주의 최측근이었다.

천왕이십오성에 당당히 이름을 올렸지만 그들의 무력을 본 자들은 그리 많지 않았다.

워낙 오래전에 칩거에 들어갔기 때문에 그들이 검을 뽑는 걸 봤다는 사람은 눈을 씻고 찾아봐도 찾기 어려웠다.

하지만 요홍은 그들이 얼마나 강하고 무서운 무인들인지 충분히 알고 있었다.

그들이 안고 왔다는 모종의 임무가 궁금했으나 그런 의문은 금방 뒤로 넘겨 버렸다.

지금 가장 중요한 것은 삼공이 길수까지 왔다는 것이었다.

삼공이 길수에 와 있다면 그의 고민은 말끔하게 해결될 수 있었기에 십 년 묵은 체증이 내려간 것처럼 갑자기 속이 시원해졌다.

안록산을 공격하는 주공(主攻)부대 황무전을 이끄는 양전과 신기전의 마황은 천왕오검 중의 일인이었고 천왕이십오성에 포함된 강자 중의 강자였다.

그들이 삼공의 뒤를 받쳐 주고 초절정고수들인 천왕칠십이기 중 다섯을 지원해 준다면 놈들을 잡는 건 이제 일도 아니게 된다.

악록산(岳麓山).

수많은 시인 묵객들이 찾는다는 동정호를 횡으로 가로막듯 서서 오연하게 하늘로 치솟은 호남의 험산이다.

높이는 삼백 장에 달했고 주봉을 포함해서 다섯 개의 봉우리를 가졌으며 총길이는 칠 리에 달했다.

장사로 들어가는 최단 거리에 위치했기에 이곳은 파한문과 패천방이 산하 일곱 개의 문파들과 함께 방어선을 쳐 놓고 있었다.

그리고 뒤쪽에는 모산파와 쾌활림이 우회하는 적을 막아내기 위해 주둔하고 있었기 때문에 악록산을 중심으로 인근에 모인 병력은 거의 삼천에 달했다.

그러나 그토록 촘촘하게 짜놓았던 방어선도 천왕성 주력병력의 끊임없는 공격에 조금씩 밀려 이미 다섯 개의 봉우리 중 세 개를 뺏긴 상태였다.

풍운대가 진입한 곳은 주봉인 용화봉을 연결하는 전곡이

었는데, 세 개의 봉우리를 뺏겨 방어선이 허물어지자 파한문의 병력이 후퇴해서 다시 방어선을 친 곳이었다.

폭 삼십 장의 진입로에 양쪽으로 백여 장의 절벽이 가로막은 지형.

전곡은 신이 빚어놓은 천혜의 방어진지이자 철옹의 요새이기도 했다.

전곡을 막고 버티면 천왕성은 막대한 피해를 입으며 후퇴하는 수밖에 없다.

남아 있는 두 개의 봉우리를 차지하고 있는 패천방이 후위를 기습할 경우 그들은 진퇴양난에 빠지는 것이다.

그러나 단점도 있었다.

전곡이 무너지는 순간 남부 무림맹은 백척간두의 위기에 몰리는 것이다.

전곡이 뚫리면 남는 것은 오직 모산파가 지키는 익양(益陽) 방어선이 전부였다.

그 말은 전곡에서 최대한 버텨주지 못한다면 무림 남부가 천왕성의 수중에 떨어질 가능성이 크다는 것을 의미했다.

파한문에 몸을 의탁한 풍운대는 그들이 내준 전막에서 휴식을 취하며 공격에 대비했다.

네 개의 전장에 참여해서 적들의 공격을 물리치고 곧장 이곳으로 달려왔다.

그들 역시 안록산 방어가 다른 어디보다 중요하다는 것을 잘 알고 있었기 때문이었다.

점창에서 내려온 후 한 달도 안 된 시간 동안 천오백 리를 가로지르며 네 번의 전투를 치렀으니 그들의 몰골은 말이 아니었다.

특히 운몽과 운천, 운극은 크고 작은 부상을 입어 이곳저곳에 피 묻은 붕대가 매어져 있는 상태였다.

이곳에 온 지 벌써 삼 일.

아직까지 천왕성의 공격은 시작되지 않았으나 전쟁의 기운은 어둠 속의 안개처럼 소리 없이 다가오고 있는 중이었다.

"이번에는 작정하고 온다. 그동안 우리한테 당한 것들이 있기 때문에 그들도 많은 준비를 했을 것이다."

"사형, 전곡에서 얼마나 버티실 요량이십니까?"

전막에 둘러앉은 풍운대를 보며 운곡이 입을 열자 지낭 소리를 듣는 운몽이 불쑥 나섰다.

그의 질문은 단순하면서도 무척 중요한 것이었기 때문에 풍운대 모두가 궁금해하는 내용이었다.

"최대한 버텨야겠지."

"후퇴로를 확인해야 됩니다. 전곡은 너무 위험한 곳입니다."

"안다. 나도 끝장을 볼 생각은 가지고 있지 않았다. 하나 사문의 명은 지켜야 되지 않겠느냐."

"사문의 명은 위험한 곳을 도와주라는 것이었지, 목숨을 담보로 하면서까지 지켜주라는 것은 아니었습니다. 무림맹에 가입해서 싸우지 말라는 명도 그런 이유에서 나온 게 아니 겠습니까?"

"운몽의 말이 맞습니다. 이번 전투는 너무 위험해서 후퇴의 시기를 결정해 놔야 합니다."

이번에는 운검까지 나섰다.

싸우다가 죽는 한이 있어도 물러서지 않는다는 신념을 가진 그가 운몽의 의견에 동조하고 나서자 운곡의 얼굴이 슬쩍 굳어졌다.

그의 시선이 천천히 움직여 사제들을 보다가 운호에게 멈춰진 것은 운몽의 입이 다시 열리려 할 때였다.

"너희들은 점창을 세상의 비웃음거리로 만들고 싶으냐?"

"그런 것과는 차원이 다른 이야기입니다. 아직 본진이 출전하지 않은 상태에서 풍운대가 목숨을 걸고 싸울 이유가 없기 때문에 드리는 말씀입니다."

"너의 말이 옳다. 하나 나는 쉽게 이 싸움을 포기하지 않을 생각이다."

"어쩌실 요량이십니까?"

"최선을 다해 싸운다, 누가 봐도 승패가 결정되었다고 인정할 때까지. 나는 점창의 명예를 걸고 그때까지는 싸울 생각이다."

"자칫 위험해질 수도 있을 것입니다."

"무인이 되어 전쟁에 참여한 이상 어찌 위험하다고 싸우지 않겠느냐. 풍운대는 점창의 상징이다. 우리 때문에 점창의 명예에 손상이 간다면 어찌 얼굴을 들고 다닐 수 있단 말이냐."

"…소제의 생각이 짧았습니다."

"아니다. 너의 생각은 당연한 것이다. 운극!"

"예, 사형."

"너는 지금 운천과 같이 나가 후퇴로를 살피고 와라. 적의 공격이 언제 올지 모르니 최대한 서두르도록."

"알겠습니다."

"나 역시 이 싸움에 풍운대의 생사를 걸지는 않을 것이다. 그러나 비겁한 모습 역시 보이지 않을 생각이니 너희들은 내 뜻을 따라 움직여 주기 바란다."

길수(吉首)는 호남 서부에 위치한 도시로 천왕성 남부 정벌군이 공략을 시도 중인 안록산과는 백이십 리밖에 떨어지지 않은 가까운 곳이다.

세 명의 백삼 노인들이 길수에 나타난 것은 이틀 전 점심 무렵이었는데, 그들은 황우 객잔에 짐을 풀어놓고 어딘가를 나갔다가 저녁때면 들어오곤 했다.

그들은 점소이들에게 인기가 많았다.

대하는 마음이 부드러웠고 음성은 조용조용했으며 심부름을 시킬 때마다 잔돈푼을 쥐여 줬기 때문에 점소이들은 서로 그들을 시중들기 위해 다툼을 벌일 정도였다.

황우 객잔에는 수많은 무인들이 하루 종일 들락거렸지만 그들을 주시하거나 경계하는 자들은 하나도 없었다.

옷은 깨끗하게 차려입었으나 체격도 작고 볼품없어 어디서든 볼 수 있는 상가의 뒷방 늙은이들로 보였기 때문이었다.

그들 앞에 요홍이 홀로 나타난 것은 노인들이 저녁을 먹은 후 객방에 들었을 때였다.

깊게 숙여진 허리의 각도가 허물어질 것처럼 깊다.

남부 총사령인 요홍은 노인들 앞에서 최대한의 예의를 보였는데, 그럼에도 그들의 표정은 전혀 변하지 않았고 대신 입에서 메마른 음성이 흘러나왔다.

"홍이로구나. 네가 여긴 어쩐 일이냐?"

"숙부님들을 모시려고 왔습니다."

"우리가 여기에 있다는 걸 알고 온 걸 보니 화검제가 가르쳐 준 모양이구나?"

"제가 워낙 고민을 크게 하다 보니 화검제께서 지켜보기 힘들었던 모양입니다."

"언제부터 그리 입이 가벼워졌을까. 일이 있어 왔으니 모른 체하라고 말한 게 불과 며칠밖에 지나지 않았는데 그새 떠들고 다녔어!"

중앙에 앉아 있던 통통한 노인이 슬쩍 음성을 높이자 양쪽의 노인들이 동시에 고개를 끄덕였다.

마음에 들지 않는다는 시늉이었다.

천왕삼공.

현 천왕성주 요환의 친우들로서 경천동지의 무력을 지닌 것으로 알려진 절세고수들이었다.

천왕성 내에서는 무천십제에 포함된 화검제보다 절대 뒤지지 않는다고 알려진 전대 고수들로서 요환의 지시가 없으면 움직이지 않는 사람들이었다.

워낙 오랫동안 칩거를 했기 때문에 천왕성의 사람들조차 그들의 이름을 잊은 지 오래였다.

그랬기에 사람들은 그들을 차례대로 일공, 이공, 삼공이라 불렀는데 중앙에 성마른 음성을 흘린 통통한 노인이 일공이고 우측의 백염 노인이 이공, 좌측의 머리숱이 적은 노인이 삼공이었다.

신경질적인 반응을 보였지만 잠시 후 일공은 고개를 숙인 채 처분을 기다리겠다는 듯한 반응을 보이는 요홍을 향해 은근한 목소리를 흘려냈다.

어릴 적부터 지켜본 요홍이 난감한 모습을 보이자 슬그머니 마음이 풀어졌기 때문이었다.

"그래, 너의 고민이 무엇이냐?"

"안록산에……."

일공의 질문에 잠시 뜸을 들였던 요홍의 입에서 남부 전선의 전투 상황과 핵심 전술들이 줄줄이 새어 나왔다.

그는 아예 작정한 듯 지금까지의 과정을 모두 토해냈는데,

삼공은 그의 이야기를 들으면서 수없이 혀를 차고 있었다.

결국 풍운대가 걸림돌로 작용하고 있는 안록산전투의 상황을 끝으로 요홍이 말을 마치자 천왕삼공의 입에서 동시에 한심하다는 표정이 떠올랐다.

기껏 몇 놈 때문에 전진을 못 한다는 게 너무 기가 막혔기 때문이었다.

그렇다고 요홍의 고민이 황당한 것만도 아니었다.

풍운대에 관한 것은 아니었지만 점창삼신룡이란 놈들에 대해서는 총사인 천뇌에게 들은 바가 있었기 때문이었다.

십제에 버금가는 무력을 지녔고, 중원에서 활개를 친다는 백대고수 중 여섯을 잡아냈다고 하니 만만하게 볼 수가 없는 자들이었다.

셋도 그런데 여덟이라면 더욱 이해가 갔다.

그런 자들이 무림맹의 부대와 공조해서 요충지를 방어한다면 평상시보다 두 배 이상의 병력이 필요할 수밖에 없다.

전선이 형성된 상태에서 그만한 병력을 뺀다는 것은 당연히 무리가 따를 테니 가장 효율적인 방안은 풍운대를 상대할 만한 고수들을 투입하는 것뿐이다.

아마 요홍이 자신들에게 온 이유도 그것 때문일 것이다.

"음……."

저절로 한숨이 나왔다.

그들이 이곳에 온 것은 성주인 요환의 부탁으로 사람을 찾기 위함이었다.

알려지지 않은 비밀.

무림은 물론 천왕성의 사람들마저 모르는 비밀이 있었으니 그것은 바로 천왕성주인 요환의 죽음이 눈앞으로 다가왔다는 것이었다.

그가 주화입마에 빠진 것은 벌써 오 년 전의 일이었다.

천왕검법의 마지막 초식 천뢰광참(天雷光斬)의 오의를 터득한 기쁨에 무리하게 내공을 운용하다가 기혈이 뒤집히며 쓰러지고 말았던 것이다.

모습을 감춘 채 천하일통의 대계를 장자인 요문에게 맡긴다는 유지를 공공연하게 남긴 것은 천왕성의 동요를 막기 위한 요환의 마지막 고육책이었다.

이 사실을 알고 있는 것은 오직 현재 천왕성의 전권을 틀어쥐고 있는 요문과 친우인 천왕삼공 자신들뿐이었다.

심지어 천왕성의 모든 것을 관장한다는 천뇌 설운호도 몰랐고 요문을 제외한 자식들마저 모르고 있었으니 그야말로 극비 중의 극비였다.

앞으로 남은 시간은 길어야 한 달.

그의 목숨은 바람 앞의 촛불처럼 위태롭게 버티고 있는 중이었다.

그러던 며칠 전.

요환은 문득 천왕삼공을 불러 호남에 가서 사람을 찾아달라는 부탁을 해왔다.

초췌해질 대로 초췌해진 거인, 천왕성주 요환.

젊은 시절 천하가 좁다 하며 질주하던 모습은 어디론가 사라지고 입술이 거칠게 부르트고 눈마저 제대로 뜨지 못하는 백발의 노인이 겨우 입을 열어 한 말은 한 여인을 찾아달라는 것이었다.

거침없이 달려온 인생의 끝자락에서 마지막 가는 길에 반드시 만나야 할 사람이라며 요환은 친구들의 손을 잡고 간절하게 부탁했다.

사랑했던 여인이란다.

목숨처럼 사랑했던 여인이었으나 선부의 명에 의해 성으로 데려오지 못하고 무림에 버려둘 수밖에 없었던 사람.

죽음을 앞두고 그녀에게 자신의 잘못을 빌고 싶다는 요환의 부탁을 받자 천왕삼공은 이십삼 년의 칩거를 깨고 무림에 나오고 말았다.

찾아주고 싶었다.

평생을 같이했던 친구가 마지막 가는 길에 후회를 남기지 않도록 만들어주고 싶었던 것이다.

며칠 동안의 수소문 끝에 간신히 그녀가 광서로 넘어갔다는 사실을 알고 내일 아침 길을 떠나려던 참이었다.

일공의 입이 다시 열린 것은 슬쩍 눈을 들어 이공과 삼공의 눈을 마주친 후였다.

칠십 년 가까이 살을 부딪치며 살아왔으니 눈빛만 봐도 어떤 생각을 가졌는지 충분히 알 수 있었다.

그들이 나선다면 싸움은 기껏해야 삼 일 정도면 끝난다.

하루가 아쉬운 그들이지만 천왕성의 대계도 그에 못지않게 중요하니 요홍의 부탁을 들어줄 생각이었다.

"언제 공격할 생각이냐?"

"내일입니다. 남부군의 상황은 한시가 급한 상태라서 조금도 늦춰서는 안 됩니다. 숙부님들께서 결정만 내려주신다면 전 전선이 동시에 공격을 시작할 것입니다."

"좋다. 그렇다면 우리가 너희를 도와주겠다. 대신 우리는 풍운대만 잡으면 즉시 떠날 것이다. 알겠느냐?"

"숙부님들의 도움을 소질은 절대 잊지 않을 것입니다."

신응이 속속들이 보내온 전갈에 따르면 전황은 무림맹 쪽에 불리하게 진행되고 있었다.

자신들의 세력에서 황보세가와 함께 버티던 당문은 뒤늦게 구룡이 지원군을 보내왔으나 끝내 근거지를 잃고 섬서로 후퇴하고 말았다.

선조들의 유산을 지키기 위해 이를 악물고 버티던 그들은 결국 수많은 가문의 정예들을 시신으로 남긴 채 당가타를 떠날 수밖에 없었다.

피와 눈물, 그리고 고통.

사랑하는 사람들의 주검을 두고 떠나야 했던 당문 사람들은 가슴이 찢어지는 아픔을 견디며 후퇴의 길에 올랐다.

팽팽하게 맞서던 북부 전선이 뒤로 밀리기 시작한 것은 당문이 후퇴하고 얼마 지나지 않아서였다.

구룡 중 화산과 종남이 방어선을 펼쳤던 녕강(寧强)이 함락당하면서 북부 무림맹은 한중(漢中)까지 밀려났는데, 천왕성은 여전히 공격의 고삐를 늦추지 않는 중이었다.

그나마 다행인 것은 중부 무림맹이 아직까지 팽팽하게 맞서며 전선을 유지한다는 것이었다.

중부 무림맹은 남궁세가를 주축으로 칠대세가의 다섯 가문이 모였고 삼십팔세 중 금철련 등 네 개 문파가 가세하면서 요환이 이끄는 천왕성의 중부군과 밀고 밀리는 접전을 벌이고 있었다.

하지만 무림의 전략가들은 중부 전선의 교착상태가 천왕성의 의중에 따라 이루어지는 게 아닐까란 의심을 가지고 있었다.

남과 북을 집중적으로 쳐서 어느 한쪽만 무너뜨리면 중부 전선은 자연스럽게 고사한다는 것이 그들의 견해였다.

충분히 가능성 있는 분석이었으나 그렇다고 이 난관을 극복하기 위한 전략도 마땅치 않았다.

그저 남부 전선과 북부 전선이 천왕성의 공격을 격퇴해 주길 간절히 바랄 뿐이니 무림은 태풍 앞의 등불처럼 위태롭기 그지없는 상황이다.

"다녀왔습니다."

"고생했구나. 어떻더냐?"

운극과 운천이 후퇴로를 살피고 돌아온 것은 저녁을 먹고 풍운대가 전막에서 쉬고 있을 때였다.

그들은 거의 하루가 꼬박 지나고 돌아왔는데, 먼지가 뽀얗게 묻어 흑색 전도복이 회색으로 보일 지경이었다.

운곡의 질문에 운극은 기다렸다는 듯 조금의 망설임도 보이지 않고 대답을 해왔다.

꼼꼼한 운극은 분명 호북으로 빠져나가는 경로를 빠짐없이 둘러보고 온 게 분명했다.

"전곡이 뚫리면 익양 방어선이 뒤를 받칩니다. 하지만 익양은 평야 지대이니 전곡이 함락되면 후퇴할 가능성이 큽니다."

"그럴 테지."

운극의 판단은 정확했다.

모산파가 익양에 방어선을 친 것은 안록산을 우회하는 적들의 진출을 차단하기 위함이었지, 주공의 공격을 막기 위한 것이 아니었다.

전력이 부족한 상태에서 평야 지대에 방어선을 쳐 놓고 기다린다는 건 비세를 스스로 자초하는 것과 마찬가지니 익양을 방어했던 병력은 안록산이 함락되는 대로 망성(望城)으로 후퇴할 가능성이 컸다.

"하지만 그들은 늦을 것입니다. 소제가 봤을 때 지금 이동하지 않는다면 전곡이 뚫리는 순간 그들도 익양에서 천왕성의 공격을 받아내야 할 것입니다."

"무검제는 그리 어리석은 사람이 아니다."

"어리석기 때문이 아닙니다. 그들이 익양을 버리고 망성으로 후퇴한다는 건 안록산을 지키는 병력을 전멸하게 만드는 것과 마찬가지기 때문입니다. 그들은 어쩔 수 없이 방어선을 움직이지 못한 채 안록산의 전투를 지켜봐야 할 겁니다."

"음… 그렇겠구나……."

"만약 전곡이 뚫리게 된다면 우리는 익양과 반대 방향인 상덕(常德)을 통과해서 천자산(天子山)으로 가야 합니다. 그리 움직이면 천왕성의 추격을 벗어날 수 있을 것입니다."

"모산파와 쾌활림이 위험하다."

"당연히 위험하겠지요. 하지만 당분간은 버틸 수 있을 것입니다. 모산파는 신주십강 중의 하나로 막강한 전력을 보유하고 있고 아직 주봉에는 패천방의 병력이 뒤를 받치고 있기 때문입니다. 분명 익양 방어선은 천천히 후퇴하면서 망성으로 옮겨질 것입니다."

"그렇다면 우리도 그들을 따라가야 되지 않겠느냐?"

"풍운대가 성한 몸이라면 대형의 말씀이 옳습니다. 하나 제가 제시한 후퇴로는 우리가 더 이상 전투에 참전하지 못할 정도로 위급한 상황이 되었을 때를 대비해서 말씀드린 것입니다."

"그렇구나. 수고했다."

운극이 모든 보고를 마치고 뒤로 물러나자 운곡이 격려를 한 후 둘러싼 사제들을 바라보았다.

반시진 전에 날아온 전서에 따르면 전 전선의 천왕성 병력이 공격을 위해 전진 배치되고 있었다.

안록산뿐만 아니라 남악 전선도 마찬가지였고 심지어 강서에서 숨을 고르던 팔황문과 무풍사까지 호남을 향해 전진해 오고 있었다.

그들은 안휘전을 치르면서 많은 전력을 상실했음에도 한 달여의 휴식을 취하고 나자 본래의 패기를 되찾은 채 피 맛을 보기 위해 달려오는 중이었다.

"이제 두 시진 이내에 천왕성의 공격이 시작될 것 같다. 나는 운극의 말에 따라 움직일 생각이다. 만약 우리가 더 이상 싸울 상황이 되지 않는다면 천자산을 넘어 호북으로 들어간다."

"알겠습니다."

"몸을 보중해다오. 너희들을 잃는 슬픔이 나에게 일어나지 않도록 조심, 또 조심해야 한다. 부디 이 싸움에 목숨을 걸지 말라."

운호는 전막에서 나와 홀로 바위 위로 올라갔다.

당문이 거의 전멸되다시피 한 상태에서 섬서로 후퇴했다는 소식을 들은 건 이틀 전의 일이었다.

마음은 하늘을 날아 사천으로 달려갔으나 몸은 한 발자국도 움직이지 못했다.

운명을 건 일전을 남겨놓고 풍운대를 남겨둔 채 홀로 떠난다는 것은 있을 수 없는 일이기 때문이었다.

불안한 마음이 가슴속에서 떠나지 않았다.

그녀의 가녀린 몸이 찢겨져 핏물 속에 잠겨 있는 상상이 자신도 모르게 자꾸 떠올라 미칠 것만 같았다.

무사하길 간절히 바랐지만 현실은 그렇지 않을 가능성이 컸다.

신웅이 전해온 서신에 따르면 당가타 일대는 당문 무인들의 시신으로 덮여 마른땅을 찾아보기 어려울 지경이라고 했다.

아, 이 일을 어찌해야 된단 말인가.

그녀와의 약속을 이번에는 반드시 지키고자 했다.

운곡에게는 후회하지 않는다고 말했으나 절망적인 상황이 현실이 되어 나타난다면 자신은 분명 피눈물을 흘리며 후회할 것이 틀림없다.

풍운대와 떨어져서는 안 된다는 것을 너무나 잘 알고 있었으나 그녀가 위험에 처했다는 것을 알게 되자 미칠 것만 같았다.

떠날 때 그녀는 자신을 향해 사랑한다는 말을 남겼다.

언제까지 기다릴 테니 꼭 와달라는 말과 함께.

얼마나 무섭고 떨릴까.

적들의 칼로부터 살아남기 위해 몸부림치는 그녀의 가냘

픈 몸을 생각할 때마다 저절로 소름이 돋아났다.

가야 한다.

가서 그녀를 만나야 한다.

두 번 다시 슬프게 만들지 않겠다고 약속했으니 이번에는 반드시 지키고 싶었다.

천왕성의 공격이 시작된 것은 운곡의 예측대로 두 시진이 지난 후부터였다.

공격 병력은 무려 삼천.

그중 천은 안록산에 남아 있는 패천방을 견제하기 위해 빠져나갔고 남은 이천 병력이 전곡으로 다가왔다.

너무 많다.

전곡을 지키는 파한문의 병력은 모두 합해 칠백에 불과했으니 거의 세 배에 달하는 병력이다.

물론 공격해 오는 자들의 선두 병력 천여 명은 서부 무림의 중소 문파에서 참여한 무인들이기 때문에 전력에 커다란 도움은 되지 못하지만 황색 무갑으로 통일한 황무전과 흑색 무갑을 착용한 신기전은 천왕성의 진력 중 하나로서 막강한 전투력을 보유한 부대였다.

운곡은 다가오는 병력을 바라보며 작은 목소리로 입을 열었다.

뒤쪽에 배치되어 있던 파한문 무인들은 적들의 공격 병력을 확인한 후 이미 사색으로 변해 있는 상태였다.

득보다 실이 훨씬 많은 상황.

이대로 싸움에 돌입한다면 파한문은 천왕성의 상대가 되지 못할 게 분명했다.

그럼에도 운곡이 믿는 것은 파한문주 천마도 황무가 여전히 건재하다는 것이었다.

황무가 살아 있는 한 파한문의 전 병력은 한 치도 물러서지 않은 채 전곡을 방어할 것이다.

"많군."

"그렇군요. 병력도 많지만 기세가 강합니다."

"기세가 강하다는 것은 고수들의 숫자가 그만큼 많다는 뜻이다."

"공격을 주저하던 놈들이 주저 없이 공격에 나섰다는 것은 그만한 대비책을 마련했기 때문일 것입니다."

"그럴 것이다."

"제 생각에는 저자들인 것 같습니다."

"…음."

운검이 손을 들어 특정한 지점을 가리키자 운곡의 입에서 침중한 신음 소리가 흘러나왔다.

천왕성 병력의 중간쯤에서 거대한 기운이 흘러나오고 있었는데, 그곳에는 세 명의 노인이 용갑을 입은 채 완벽하게 기세를 풀고 다가오는 중이었다.

"대단한 노인들이구나."

"일부러 기세를 풀어놓고 있습니다. 저 정도라면 절대의 경지에 들어선 자들인 것 같습니다."

"뒤를 따르는 놈들도 무서운 자들이다. 내가 봤을 때 저자들은 우리를 노리고 온 것 같구나."

"그럴 수도 있겠습니다."

그들이 바라보는 곳에는 세 명의 노인과 열 명의 무인이 따르고 있었는데 모두 용갑을 입어 다른 자들과 확연히 구분되었다.

물론 복장만 그런 것은 아니다.

그들이 뿜어내는 기세는 이천의 병력 중에서 단연 독보적이었다.

운곡과 운검의 대화였지만 뒤에 도열해 있던 풍운대는 모두 들었다.

이미 적들은 백 장 앞까지 진출해 왔기 때문에 일촉즉발의 기운이 전곡을 가득 채우는 중이었다.

전곡은 일종의 계곡이라고 봐도 무방한 곳이었다.

깎아지르는 절벽들이 양쪽으로 솟구쳤고 폭이 삼십 장에 달했는데, 거대한 바위들이 중간중간 가로막아 방어막을 구축하기에는 최적의 장소였다.

파한문의 병력들은 적들이 근접해서 다가오자 스물에 달하는 강비전을 준비하고 대기했다.

강비전은 대규모 살상 무기로서 한 번의 장전으로 스무 대의 강전을 날리는 특수 무기였다.

타격 범위는 오십 장으로, 아무런 준비 없이 다가온다면 막대한 손해를 입게 될 것이다.

하지만 적들은 이미 이전 싸움에서 노출된 강비전에 대해 완벽한 방어 체계를 갖추고 있었다.

장방패(長防牌)를 장착한 채 다가오는 적들을 향해 쏘아진 강비전은 별다른 위력을 보이지 못해 천왕성의 병력은 여유 있게 전곡의 입구까지 다가왔다.

삼십 장은 백여 명이 한꺼번에 공격할 수 있을 정도의 규모였으나 대규모의 병력이 움직이기에는 턱없이 좁은 통로이기도 했다.

그 말은 우세한 병력의 활용도가 극히 제한된다는 뜻이기도 했다.

선두에 섰던 중소 문파의 무인들이 먼저 공격을 해왔지만 밀집 방어로 맞선 파한문의 병력에 막혀 손해만 보고 물러섰다.

이렇게 제한된 장소에서는 개인의 무력이 삶과 죽음을 결정짓는데, 그들은 파한문의 정예들을 당해내지 못하고 쓰러져 갔다.

몇 번의 똑같은 행태가 반복되자 천왕성은 중소 문파의 무인들을 뒤로 물리고 흑색 무갑을 받쳐 입은 신기전을 전면에 내세운 후 집중적인 공격을 개시했다.

역시 다르다.

신기전의 공격은 파한문 병력의 방어선에 충격을 입혀 점점 뒤로 물러나게 만들었는데, 밀어내는 힘이 너무 강력해서 피해가 속출했다.

전곡의 길이는 오십 장이었지만 신기전의 공격에 이미 십여 장이 밀려난 상태였기 때문에 이대로 둔다면 불과 반시진도 버티지 못하고 돌파당할 판이었다.

풍운대가 전면에 나선 것은 신기전의 파상적인 공격에 방어선이 이십 장 정도 뒤로 밀려났을 때였다.

운호와 운상을 중심으로 기러기처럼 날개를 편 풍운대는 전 전선을 아우르며 순식간에 신기전의 선두를 쓰러뜨린 후 앞으로 전진해 나갔다.

무소불위의 무력.

검기를 난사하며 전진하는 풍운대의 공격에 신기전은 막대한 피해를 보면서 연신 뒤로 물러섰다.

살아서 움직이는 자, 풍운대의 전권에 놓이는 순간 목숨을 부지하지 못했다.

신기전은 연신 뒤로 밀리다가 병력의 우위를 가지고 반격을 해왔으나 더 많은 피해를 양산시킬 뿐이었다.

순식간에 파한문의 방어선이 풍운대의 전진에 힘입어 다시 십여 장 앞으로 당겨졌다.

계곡 안은 쓰러진 무인들의 시신으로 발 디딜 틈 없을 정도로 가득 찼으나 살아서 움직이는 자들은 어느 누구도 신경 쓰지 않은 채 더 많은 적들을 죽이기 위해 몸부림을 치고 있었다.

무인들의 숲을 가로지르며 용갑의 무인들이 나타난 것은 풍운대에 의해 삼십여 명의 신기전 무인들이 목숨을 잃었을 때였다.

팽팽한 대치.

운호를 중심으로 진형을 구축한 풍운대가 적들의 출현에 따라 잠시 전열을 정비하자 천왕삼공이 앞으로 나서며 품자형으로 자리를 잡았다.

그들의 뒤를 열 명의 무인들이 비슷한 형태로 늘어섰는데, 풍운대가 만들어놓은 진형과 흡사한 것이었다.

천왕십수.

천왕성이 자랑하는 특수 타격대 중의 하나.

절대의 경지에 근접할 만큼 무시무시한 무력을 지닌 그들에게는 오랫동안 연마해 온 합격진이 있는데 바로 천마혈진이라는 것이었다.

천마혈진의 위력은 천왕성주 요환마저 혀를 내두를 정도로 강력해서 갇히는 순간 살아난다는 것은 불가능에 가깝다고 알려진 절진이었다.

일공의 입이 열린 것은 천왕십수가 귀신처럼 그들 뒤에 내려앉은 후 풍운대와 마주 섰을 때였다.

"너희들이 풍운대냐?"

"그렇소."

"과연 훌륭하다. 점창에서 너희 같은 자들을 길러냈다니 믿어지지 않는구나."

"정체를 밝히시오."

"우리는 천왕삼공이라고 불리는 사람들이다. 뒤에 선 아이들은 천왕십수라고 하지."

"당신들은 우리 때문에 온 거요?"

"물론."

"늙었지만 아직 허리가 구부러지지 않았으니 조심조심해서 움직인다면 조금 더 살 수 있었을 텐데 죽을 자리를 일부러 찾아온 걸 보니 그대들의 수명이 다된 모양이오."

"재미있는 놈이로구나."

"재밌기도 하지만 검도 무척 예리하오. 그러니 조심해야 될 거요."

말을 받아주던 운호가 흑룡검을 슬쩍 떨쳤다.

아직 피가 묻어 있던 그의 검은 맺혀졌던 핏방울이 떨어져 나가자 퍼런 나신을 드러냈다.

풍운대의 수장은 운곡이었으나 운호가 대답을 한 이유는 두 가지였다.

선두에 서 있었던 것이 그 하나요, 또 하나는 일공이 그를 바라보며 말을 붙였기 때문이었다.

품자형으로 늘어섰던 천왕삼공의 몸이 팽이처럼 돌며 접

근한 것은 눈 깜짝할 사이에 벌어진 일이었다.

워낙 빠르게 움직였기 때문에 사라진 것처럼 보일 지경이었으나 그들이 움직이자 운호와 운상, 그리고 운여의 검이 동시에 전면을 향해 쏘아졌다.

운호에게 집중된 공격이었지만 결국 천왕삼공의 검이 분리되며 운상과 운여의 검을 차단했다.

그대로 공격했다면 운호에게 어느 정도 치명타를 입혔겠지만 절대의 반열에 올라선 운상과 운여의 검은 그들의 목숨을 앗아갈 정도로 강력했다.

자연스럽게 신형들이 나뉘어져 접전으로 들어갔다.

천왕삼공과 점창삼신룡의 싸움.

나중, 무림 역사에 회자되었던 전곡전투의 백미가 시작되는 순간이었다.

단숨에 척살하려던 시도가 무산되자 일공은 쓴웃음을 지은 채 운호의 앞에 섰다.

사람들은 친구들과 그를 합해 천왕삼공이라 불렀으나 그의 무력은 친구들과 비교할 바가 아니었다.

천왕이십오성 중에서도 가장 뛰어난 무력을 지닌 사람을 합해 천왕오강이라 불렀는데 일공은 그중에서도 세 번째로 꼽히는 무적의 고수였다.

그의 독문무공은 천신무한검법(天神無漢劍法)으로, 천왕성의 삼절에 꼽힐 만큼 대단한 위력을 지녔는데 이십오 년 전단 한 번 검을 뽑아 상대를 척살한 이래로 지금까지 시전된 적이 없었다.

천지를 갈라 버리는 위력의 절대검법.

천왕성주 요환은 그의 천신무한검법을 견식한 후 천왕검법에 비해 손색이 없을 정도로 강력한 절기라며 감탄을 터뜨렸다고 한다.

일공은 검을 운호의 미간에 겨눈 채 가만히 서서 움직임을 주시했다.

십제의 반열에 들었다는 소문을 들었다.

아직 이립에도 이르지 못할 정도로 젊었으니 그런 사실을 믿지 않았는데 막상 검을 들고 마주 서자 산악을 대하듯 대단한 신위가 나타났다.

자신도 모르게 한숨이 새어 나왔다.

상대조차 되지 않을 거란 판단은 순식간에 사라져 버렸고 검을 쥔 손에 저절로 힘이 들어갔다.

강적.

지금까지 만났던 그 어떤 자들보다 무서운 자다.

검을 진격세로 만든 채 움직이지 않았다.

적과 나 사이에 존재하는 수많은 공격로가 눈에 들어왔으나 쉽게 움직이지 못하는 것은 그에 따른 반격이 얼마나 대단할지 추측할 수 없었기 때문이었다.

양쪽에서는 싸움이 벌어져 천지를 가르는 공방이 벌어지

고 있었지만 그는 쉽게 움직이지 않고 운호의 대응을 지켜보았다.

고수는 절대 먼저 움직이지 않는 법이다.

운호는 일공이 다가와 전면에 서자 숨 막히는 긴장감을 느꼈다.

십오천강에 포함된다는 마창과 혈염공을 상대해 봤지만 일공은 그들보다 훨씬 더 강한 존재감으로 그를 움직이지 못하도록 만들고 있었다.

마치 대자연의 일부가 되어 원래부터 그 자리에 있었던 것처럼 일공은 무허의 경지를 나타내며 운호를 압박해 왔다.

천천히 심호흡을 마치고 흑룡검을 치켜들었다.

검을 치세우는 단순한 동작마저도 이토록 힘든 것은 일공이 은연중에 내뿜는 기세가 운호의 행동을 제어했기 때문이었다.

그럼에도 운호는 흑룡검을 치세워 일공의 미간을 향해 마주 겨냥했다.

팽팽하게 터질 듯한 기세의 대립.

그들은 서로의 기세에 의해 쉽게 움직이지 않고 한참 동안 대치하다가 옆에서 날아온 돌멩이가 그들의 검 사이로 끼어들자 폭발하듯 서로를 향해 날아갔다.

일공의 검은 하늘에서 쏟아져 내리는 우박처럼 검기를 뿜어내고 있었다.

허수는 전혀 없고 모든 검기는 진수였고 살수였으며 패수였다.

운호는 분광에 이어 회풍으로 맞서며 일공이 뿜어내는 검기를 튕겨냈다.

공청석유의 기연 속에 내공이 오기조원에 달한 운호의 사일검은 예전과 비교할 바가 아니었다.

그럼에도 일공의 검기들은 운호의 분광과 회풍을 파고들며 조금씩 전신에 상처를 만들어냈다.

무서운 검법이다.

극에 달한 회풍으로도 완벽하게 적을 제압하지 못할 정도였으니 적의 검은 심검을 바탕으로 하고 있는 것이 분명했다.

왼쪽 가슴을 훑고 빠져나가는 검기를 따라 들어가며 회풍의 멸자결을 펼쳤다.

자신의 몸은 피로 도배되다시피 상처를 입었지만 일공의 몸도 그리 좋은 상태는 아니었다.

그럼에도 그의 눈은 맑은 호수처럼 깊이 가라앉은 채 자신을 바라보고 있었다.

지지 않는다는 자신감.

그렇다. 그의 눈에 들어 있는 것은 자신감이 분명했고 그 원인은 시간이 지날수록 점점 우세를 점하는 자신의 검법 때문이었을 것이다.

이대로 계속해서 분광과 회풍을 가지고 상대한다면 이긴다는 보장을 하지 못할 만큼 전세는 불리하게 진행되고 있었다.

승부.

이제 승부를 봐야 할 때였다.

연이어 멸자결을 펼쳐 일공을 뒤로 물러나게 만든 운호는 지금까지의 검세를 거둬들이고 하늘을 향해 검을 치켜세웠다.

그러고는 천천히 일공을 향해 일도양단의 자세로 검을 내리그었다.

운호의 검이 하늘에서 무겁게 내려오자 뒤로 물러섰던 일공의 얼굴이 일그러졌다.

날아오는 검은 지금까지 마검이 보여주었던 검법과 근본적인 궤에서 차이가 있었다.

산악을 갈라 버릴 것만 같은 중압감.

아니다. 운호가 펼쳐 온 것은 그 정도에 그친 것이 아니라 일순간 만물을 베어버릴 것처럼 모든 시공간을 완벽하게 장악해서 피할 방도조차 떠오르지 못하게 만들고 있었다.

직감적으로 이것이 적의 승부수라는 걸 인식한 그는 자신의 검을 뒤로 당겼다가 허공을 향해 솟구쳤다.

천신무한검법(天神無漢劍法)을 익힌 이후로 지금까지 단 세 번밖에 펼친 적이 없었던 최후의 초식 파천지붕(破天地崩)이 거대하게 다가오는 운호의 검을 향해 날아갔다.

맹렬한 회전과 탄성.

그의 검에서 빠져나온 검기는 원형 방패를 형성시킨 채 운호를 향해 날아갔는데, 한 번 튕겨 나갈 때마다 분산을 이루며 배로 늘어났다.

지속적인 충격을 주어 적의 검을 둔화시키고 끝내 수많은 회류으로 적의 몸을 혈무로 만들어 버리는 공포의 초식이 바로 파천지붕이다.

콰광… 쾅… 쾅!

두 개, 네 개, 여덟 개로 늘어났던 검기의 회류이 마침내 셀 수 없이 증폭되어 운호의 몸에 집중되었다.

막으면 막을수록 조금씩 갉아먹어 마침내 무너뜨려 버리는 일공의 회류은 운호의 몸에 끊임없이 상처를 새겨놓고 있었다.

그러나 운호의 눈은 한순간도 일공의 움직임을 놓치지 않았다.

끝을 알 수 없을 정도로 깊이 침잠되었던 그의 눈이 일순간 번쩍인 후 들고 있던 검이 창공을 향해 날아올랐다.

그동안 회류을 막아내기만 하던 흑룡검에서 강렬한 빛무리가 솟구쳐 나오며 일공을 향해 날아간 것은 방어를 뚫은 한 개의 회류이 가슴을 훑고 지나갔을 때였다.

검기의 결정체, 검구(劍求).

빛무리는 구체를 형성한 채 일공의 가슴을 노렸는데, 회류에 부딪칠 때마다 점점 커지며 일공을 따라갔다.

마치 자석처럼, 아니면 처음부터 한 몸이었던 것처럼 검구는 일정 간격을 유지한 채 끝없이 일공을 노렸다.

급하게 뒤쪽으로 후퇴하던 일공의 신형이 어느 순간 우뚝 멈춰 섰다.

더 이상 피할 수 없다는 것을 직감한 그는 신형을 멈춘 후 천지사방을 장악한 채 비산하던 검기의 회류을 운호가 시전한 검구에 집중시켰다.

마지막 승부.

두 사람의 시선이 부딪쳤고 검구와 검류이 충돌하면서 굉렬한 폭음을 만들어냈다.

돌풍이 사방으로 난무했으며 흙먼지가 공중으로 솟구쳤다가 떨어져 내렸는데 주변 십여 장이 가득 덮여 아무것도 보이지 않을 정도였다.

두 사람의 신형이 확인된 것은 한참이 지난 후 흙먼지가 모두 가라앉고 나서였다.

운호는 일 장 정도 밀려난 채 무릎을 꿇고 숨을 헐떡였으나 검을 손에서 놓지 않았지만 일공은 바닥에 드러누운 채 일어서지 못했다.

처참한 모습.

가슴은 반이나 갈라졌고 검을 들었던 오른팔은 삼 장 너머에 떨어져 있었다.

그것만이 아니었다. 머리 한쪽이 잘려서 뇌수가 흘러나오고 있었으니 금방이라도 숨이 떨어질 것 같은 모습이었다.

운호가 호흡을 가다듬고 천천히 일어나자 일공의 흐릿한 시선이 쫓아왔다.

피, 그리고 피.

운호의 몸은 온몸이 피로 도배되어 마치 혈인처럼 변해 있었지만 굳건하게 두 발을 땅에 딛고 일어나 주변을 살폈다.

일공은 남아 있는 왼팔을 땅바닥에 붙인 채 운호를 향해 손가락을 까닥이며 다가오라는 신호를 보냈다.

뭔가 할 말이 있다는 뜻이었다.

운호는 친구들이 싸우고 있는 것을 잠시 지켜보다 천천히 그를 향해 다가섰다.

운상과 운여의 싸움은 백중지세였기 때문에 당장 무슨 일이 생길 것 같지는 않았다.

피를 흘리며 운호가 다가와 옆에 서자 껌벅거리던 눈을 추스른 일공의 입이 간신히 열렸다.

그는 말하는 것조차 힘에 겨웠던지 떠듬거리며 겨우 하고 싶은 말을 뱉어냈다.

"굉장한… 마지막… 너의 검… 그것이… 무엇이냐?"

"사일검법의 마지막 초식, 후예사일이오."

"후예… 사일……."

"아직 내 경지가 모자라 태양을 베지 못했소. 단숨에 보내 드리지 못해 험한 꼴을 당하게 했으니 정말 미안하오."

"크큭… 그랬구나. 그랬어. 그 옛날 천왕성의 꿈을 무너뜨렸던 전설의 검법이… 바로 그것인 모양이구나."

"아마 그럴 것이오."

운호가 고개를 끄덕여 답변을 해주자 고통에 젖어 있던 일공의 얼굴이 편하게 변했다.

그의 눈은 이제 경련을 일으키고 있었는데, 동공에 초점이 잡히지 않아 먼 하늘을 바라보는 것처럼 느껴졌다.

"내가… 운이 좋구나. 무인으로서… 마지막 가는 길에 무적의 검법을 볼 수 있었으니 어찌 후회가 남겠는가… 누군가 나에 대해서 묻거든 편히 갔다고 전해다오……."

일공이 숨을 거두자 뒤쪽에 서 있던 천왕십수가 지체 없이 몸을 날려 전권으로 뛰어들었다.

한쪽이 무너지면서 접근을 방해했던 압력이 해결되었기 때문에 그들은 그 틈을 빠져나오며 운호를 향해 돌진해 들어왔다.

부상을 입고 허덕이는 운호를 죽이면 승기를 잡을 수 있다는 판단을 내렸던 모양이었다.

선두에 선 운곡이 먼저 검을 들었고 풍운대의 나머지가 그 뒤를 따라 천왕십수를 향해 부딪쳐 갔다.

비겁함을 비난한다는 것은 무의미한 일이었다.

원래 전쟁은 인간이 만들어낸 행위 중에서 가장 비겁한 것이니까.

난전(亂戰).

절대고수들이 벌였던 공간 중 하나가 무너지자 전장은 금방 난전으로 변해 버렸다.

숫자가 부족한 풍운대를 지원하기 위해 파한문의 수장 천무도 황무와 파한칠도가 장내로 난입하자 천왕성 쪽에서도 신기전주 마황과 세 명의 당주, 그리고 신기오검이 뛰어들었다.

천무도 황무와 맞붙은 신기전주 마황의 무력은 상상을 초월할 정도로 강력했다.

무림백대고수에 당당히 이름을 올려놓고 있는 천무도와 맞붙어 한 치도 밀리지 않는 접전을 펼쳤는데, 시간이 갈수록 오히려 황무를 압도했다.

운호는 자신에게 다가온 천왕십수를 사형들이 가로막자 즉시 검을 돌려 운상 쪽으로 향했다.

천왕십수를 사형들이 어느 정도 막아주기만 한다면 천왕삼공 중 나머지 둘을 잡는 건 일도 아니었다.

평상시였다면 운상과 운여의 싸움에 끼어들지 않았겠지만 지금은 사랑하는 사람들의 목숨이 위태로운 전쟁의 한복판에 서 있었기에 운호는 잠시의 망설임도 보이지 않고 이공의 후면으로 날아갔다.

천왕십수 중 몇이 등 뒤에서 따라오고 있었으나 운호는 그들을 신경 쓰지 않고 오직 이공의 등을 노렸다.

작은 것을 주고 큰 것을 잡는다.

순식간에 전황을 파악한 운호는 반드시 이공과 삼공을 잡아야 이 싸움에서 이길 수 있다는 판단을 내렸다.

그랬기에 손해를 보는 한이 있더라도 단숨에 이공을 척살할 생각이었다.

그러나 이공은 절대고수답게 운호가 접근하자 운상에게 삼 검을 날린 후 급히 옆으로 빠져나가려 했다.

하지만 늦어 운호가 펼친 회풍의 범위에서 벗어나지 못했다.

눈부시도록 기민한 대응이었지만 작정을 하고 돌진한 운호를 막아내기엔 이미 늦었다.

운호가 순식간에 십이 검을 찔러낸 후 뒤에서 공격해 온 세 명의 천왕십수를 향해 사일검법의 방어 초식 비화를 펼쳐 낸 것은 거의 동시에 벌어진 일이었다.

쾅! 쾅! 쾅!

두 개의 신형이 동시에 날아가 일 장 너머에 처박혔다가 일어섰다.

하나는 이공이었고 나머지 하나는 운호였다.

운호는 피범벅이 되어버린 몸을 뒤집어 일으킨 후 자신을 공격해 온 자들을 노려봤다.

치명상은 면했으나 적들의 공격으로 또다시 팔과 다리에 꽤 커다란 검상을 입고 말았다.

슬쩍 옆으로 신형을 돌리자 이공이 운상의 공격에 연신 뒤로 물러서는 것이 보였다.

이공은 운호의 강력한 공격을 피하지 못하고 등과 옆구리에 커다란 상처를 입어 연신 피를 흘려내는 중이었다.

씨익.

입에 고인 피를 뱉어낸 운호의 얼굴에서 미소가 피어올랐다.

이공을 처리한 것에 대한 만족스러움에 흘린 미소였겠지만 상대에게는 마치 악마의 것으로 보일 만큼 징그러운 웃음이었다.

비화에 의해 차단당하면서 주춤 뒤로 물러났던 자들이 이를 악물고 공격을 재개한 것은 운호가 얼굴에서 웃음을 지우며 검을 치켜세웠을 때였다.

천왕성이 자랑하는 초절정의 고수, 천왕십수.

셋이면 절대고수를 충분히 상대할 수 있다고 자신할 만큼 막강한 무력을 지녔지만 그들은 단숨에 승부를 걸어오지 않았다.

운호의 몸은 피범벅인 상태였는데, 그의 몸이 기혈이 엉켜 내공이 제대로 작동하지 않는다는 걸 눈치챈 것이 틀림없었다.

그러면서도 그들은 지속해서 운호를 괴롭혔다.

잠시의 휴식도 취하지 못하게 집요한 공격을 퍼부어 운호의 몸에 무수한 상처들을 만들어내며 숨통을 끊기 위한 기회를 노렸다.

하지만 그것은 운호가 만들어낸 변수를 생각하지 못한 치명적인 실수였다.

어느새 이공을 죽여 버린 운상이 그들의 등 뒤로 다가오고 있었던 것이다.

운상 역시 정상적인 몸은 아니었으나 그들을 상대하기엔 충분할 정도의 기력이 남아 있었다.

더군다나 운호까지 싸움에 가담했기 때문에 전세는 금방 역전되고 말았다.

상처 입은 호랑이였지만 그들은 여전히 사나운 이빨이 생생하게 남아 있는 맹수들이었다.

헉…헉.

운상과 함께 세 명의 천왕십수를 쓰러뜨린 운호가 거친 숨을 몰아쉬며 전장을 확인했다.

이미 운상은 몸을 날려 천왕십수와 싸우고 있는 풍운대 쪽으로 가버렸기 때문에 자신은 전권에서 조금 떨어져 있는 상태였다.

만신창이가 된 몸이었으나 급하게 내공을 온몸으로 돌리자 조금씩 기운이 돌아왔다.

죽은피가 또다시 흘러나왔지만 운호는 잠시 눈을 감고 자신의 몸을 관조했다.

가슴에 셋, 팔에 다섯, 등 쪽에 넷, 다리에 여섯 군데의 상처가 났다. 큰 것만 헤아렸으니 그 정도였지, 나머지 자잘한 상처는 셀 수도 없을 지경이었다.

문제는 일공과의 최후 격돌에서 기혈이 엉켜 내공의 운용이 원활하지 않다는 데 있었다.

시간만 있다면 천룡무상심법을 운용해서 풀어낼 수 있겠지만 지금은 그럴 새가 없어 평소의 오 할도 되지 않는 내공만 움직였다.

천왕삼공 중에 둘이나 죽였고 천왕십수도 셋이나 죽였으나 여전히 전황은 팽팽하게 맞서고 있었다.

이대로 싸움이 지속된다면 무슨 일이 벌어질지 알 수 없을 정도로 위험한 상황이었다.

사형들은 수적으로 부족한 상황에서 천왕칠수와 공방전을 주고받았지만 군건히 방위를 점한 채 밀려나지 않았고, 운여는 삼공과 계속해서 피 튀기는 혈전을 벌이는 중이었다.

적들의 부대가 진형을 갖춘 채 다가온 것은 신기전주 마황의 검에 의해 파한문주 황무가 비틀거리며 세 걸음 물러났을 때였다.

싸움의 양상은 운호의 예측대로 급격하게 나빠지기 시작했다.

그동안 사태의 추이를 지켜보던 황무전의 수장 양전이 선두에 나서며 돌격을 감행해 왔기 때문이었다.

진격로의 중앙을 점유하며 싸움을 벌이던 풍운대와 파한문의 수뇌부들은 뒤쪽으로 급히 물러나 다시 진형을 갖추었지만 물밀듯 밀려드는 병력의 진격에 휘말려 난전에 빠져들고 말았다.

파한문의 병력은 방어선을 친 채 움직이지 않았다.

진형을 허물어뜨리는 순간 전곡을 방어하지 못한다는 것을 너무나 잘 알기 때문에 싸움에 나서면서 황무가 절대 움직이지 말라는 명령을 내렸던 것이다.

풍운대는 뒤로 밀리면서 적들의 진격을 막아냈다.

수없이 많은 적들을 주살했으나 적의 병력은 끝이 없었고 중간중간에 천왕십수가 공격에 가담해 왔기 때문에 결국 그들은 파한문의 병력이 진을 치고 있는 방어선까지 후퇴하고 말았다.

한계를 느낀 풍운대가 파한문의 방어선을 뛰어넘어 뒤로 물러섰다.

파한문주 황무와 수뇌부는 방어선의 전면에 서서 적들의 공격을 막아내고 있었는데, 물러설 생각이 전혀 없는 것 같았다.

방어선 뒤쪽으로 물러선 풍운대의 몰골은 전부 혈인으로 변해 있었다.

무려 한 시진에 가까운 난전을 펼쳤고 강적들과 상대하느라 그들의 호흡은 거칠어질 대로 거칠어진 상태였다.

가장 심한 것은 역시 운호였다.

운호는 그토록 심한 상처를 입고도 사형들을 보호하느라 가장 선두에서 싸웠기 때문에 더욱 더 만신창이로 변한 상태였다.

하기야 부상을 입은 것은 운상과 운여뿐만 아니라 풍운대 전체가 마찬가지였다.

운여는 결국 삼공과 승부를 내지 못했는데, 두 사람은 서로의 몸에 무수한 상처를 남긴 채 병력들의 진격으로 헤어지고 말았다.

뒤쪽에서 호흡을 고르던 운곡의 시선이 번들거리며 전장을 주시했다.

전장은 이미 천왕성 쪽으로 기울어져 방어선이 허물어지며 뒤로 물러나는 중이었다.

불과 일각도 걸리지 않아서 벌어진 일이었다.

전력의 차가 너무 컸으니 어쩌면 당연한 결과다.

전곡이란 지리적 유리함을 등에 업고 풍운대가 전면에서 막아내지 않았다면 전투는 훨씬 빨리 끝났을지도 모른다.

이대로라면 전곡은 이각을 넘기지 못할게 분명했기에 풍운대는 운곡의 결정을 기다렸다.

싸우든 후퇴하든 지금을 놓치면 안 된다.

한동안 전장을 노려보던 운곡의 시선이 힘겹게 뒤쪽으로 돌아왔다. 운곡의 눈은 시뻘겋게 충혈되어 있었는데 그럼에도 안광은 하얗게 빛나고 있었다.

"운여!"

"예, 사형."

"운호를 업어라. 우리는 여길 빠져나간다."

"저들을 그냥 두고 간단 말입니까?"

"우리는 최선을 다했다. 선두에 서서 수많은 적과 싸웠으니 점창의 명예는 이로써 충분히 보였다. 이 싸움에서 진 것은 우리 잘못이 아니라 뒤쪽에서 웅크린 채 소심한 전략으로 일관한 모산파의 실책 때문이다. 그러니 우리는 미련 없이 여길 떠난다."

"어디로 갑니까."

"우린 운극이 제시한 대로 천자산을 넘어 호북으로 들어갈 것이다. 남부 전선은 모산파가 생생하게 살아 있는 한 당분간 망성에서 버틸 것으로 판단되니 우리는 호북으로 들어가 일단 치료부터 하고 나서 추후의 행동을 결정한다."

3장

님아, 그 강을 건너지 마오

풍운대는 미련 없이 죽음의 계곡을 빠져나왔다.

강호의 정의를 위해 참전한 전쟁이었지만 아직 목숨을 걸어야 할 때가 아니란 걸 너무나 잘 알기에 내린 결정이었다.

나중 그 누가 얘기하더라도 비겁하지 않았다는 것을 증명할 수 있을 만큼 치열하게 싸웠으니 미련은 남지 않았다.

최선두에 서서 수많은 적들을 죽였고 자신들 역시 온몸이 만신창이가 되었는데 어떤 누가 그들에게 비겁하다는 손가락질을 할 수 있단 말인가.

그럼에도 떠나는 그들의 눈은 잿빛으로 변해 있었다.

전쟁에서 진다는 것.

같이 싸운 사람들을 죽음 앞에 남겨놓고 후퇴를 한다는 것은 결코 하고 싶지 않은 일이었다.

하지만 사문의 명은 그보다 더욱 중요하다.

그들의 목숨은 구룡의 요청에 의해 사문이 혼돈의 전쟁 속으로 뛰어들었을 때 점창산을 붉게 물들였다가 덧없이 사라져 간 홍단처럼 그렇게 흩날려야 된다.

후퇴의 길은 험난했다.

미리 운극이 후퇴로를 설정하고 경로를 안내했음에도 부상당한 몸으로 잠시도 쉬지 않은 채 달릴 수밖에 없었으니 엄청난 고통이었다.

특히 운호를 업은 운여의 얼굴은 일그러질 대로 일그러져 있었다.

그 역시 제법 많은 상처를 입었음에도 운호마저 업고 달렸으니 호흡이 끊어질 듯 거칠어졌다.

운호는 기식은 살아 있었으나 너무 많은 상처를 입었고 기혈까지 엉켜 있어 치료가 급한 상태였지만 일행은 멈추지 못했다.

이대로 천왕성의 추격에 따라잡히면 살아날 방도가 없을 정도로 풍운대는 전투력의 칠 할 이상을 상실한 상태였다.

다행스럽게도 부상당한 몸을 이끌고 전력으로 벗어난 것이 주요했던지 천왕성은 상덕(常德)에 도착할 때까지 모습을 보이지 않았다.

일행의 입에서 저절로 한숨이 쉬어졌다.

이제 천자산으로 들어가기만 하면 휴식을 취할 수 있고 응급치료도 할 수 있을 것이다.

천자산은 신선들이 노닐었다는 장가계와 인접해 있는 험산 중의 험산으로, 대규모 병력을 투입해서 풍운대를 잡기에는 불가능한 지형을 가진 곳이었다.

산자락이 한눈에 보이는 상봉에 자리를 잡은 채 풍운대는 거기서 오 일을 보냈다.

거듭되는 전투로 지친 육신을 달랬고 온몸에 난 상처를 치료하느라 전력을 다했기 때문에 오 일은 금방 지나가고 말았다.

운호는 언제나 보여주었던 기적 같은 회복력으로 오 일이 지나자 걸어 다니기 시작했다.

그보다 훨씬 가벼운 상처를 입은 사형들조차 아직 제대로 운신하기 어려운 상황인데 그는 벌써 끊임없는 운공으로 엉킨 기혈조차 어느 정도 풀어낸 상태였다.

운곡을 비롯한 풍운대의 얼굴은 너무 기가 막혀 어이없다는 표정이었지만 운상과 운여는 당연하다는 얼굴을 하고 있었다.

운호의 믿지 못할 회복력을 워낙 많이 봐왔기 때문이기도 했지만 그들 역시 예전과 비교되지 않을 만큼 빠른 속도로 회복되는 중이라 자리를 털고 일어나는 것은 시간문제였다.

운곡의 지시로 운호가 상덕(常德)에 다녀온 것은 오시 무렵이었다.

부상당한 몸으로 달려올 때는 그렇게 멀었던 거리가 몸이 회복되자 불과 한 시진밖에 걸리지 않아 운호는 산을 내려간 지 반나절 만에 돌아올 수 있었다.

운호가 돌아오자 여기저기에 흩어져서 운기행공을 하던 풍운대가 모두 모여들었다.

먼저 입은 연 것은 운곡이었다.

"어떻더냐?"

"파한문은 칠 할이 죽었고 겨우 삼 할만 전곡을 빠져나와 익양의 모산파와 합류했답니다. 주봉을 지키던 패천방은 적들과 교전을 벌이다가 파한문이 패퇴하면서 망성(望城)으로 후퇴를 했다고 합니다. 운극 사형의 예측대로 이차 방어선은 망성이 되었습니다."

"그렇다면 네 개의 문파가 전부 망성에 집결했구나. 전선이 점점 좁혀지고 있으니 싸움도 더욱 치열해지겠다. 천무도는?"

"다행히 살아서 후퇴했지만 부상이 심하다고 하더군요. 왼팔이 잘렸다고 알려져 있습니다."

"천무도까지 잡아내다니 도대체 놈들의 무력이 어디까지인지 알 수 없구나. 정말 무서운 자들이다."

"문제는 천왕성의 병력이 망성을 차단한 채 주력 중 일부가 이쪽으로 오고 있다는 것입니다. 신응의 전서에는 그들이 아무래도 우리를 노리는 것 같다고 적혀 있었습니다."

"우리를 노린다고? 벌써 육 일이나 지났는데?"

"놈들의 정보망은 대단합니다. 호북에서 우리의 행적을 찾지 못했으니 여기에 있다고 판단했을 겁니다. 워낙 우리한테 크게 당해서 원한이 깊을 테지요."

"음……."

운호의 보고를 들은 운곡의 입에서 깊은 신음이 흘러나왔다.

아직 상처가 회복되지 않은 상태에서 적들을 맞아들였다가는 득보다 실이 훨씬 많을 테니 저절로 고민이 깊어졌다.

천왕성은 운호를 비롯해서 사제들의 절대적인 무력을 확인했기 때문에 추격을 벌인다면 그에 상응하는 무인들을 파견했을 것이다.

운곡이 고민에 잠겼을 때 운몽이 나섰다.

"사형, 호북으로 빠져나갑시다. 아직 몸이 회복되지 않았으니 중부 무림맹의 관할 지역으로 가서 치료를 해야 합니다. 거기라면 놈들도 어쩌지 못합니다."

"그 수밖에는 없겠구나."

"서두르시죠. 가시권 안에 들게 되면 잡히는 건 시간문젭니다. 최대한 빨리 움직여야 됩니다."

"할 수 없지. 상황이 이리되었으니 힘들더라도 가는 수밖에. 준비해라. 떠나자!"

석천(石泉)에 방어선을 편 당문의 무인들은 형편없는 몰골로 위치를 사수하고 있었다.

당문은 청당전을 시작했을 때 직계와 방계, 그리고 산하 중소 문파의 무인들까지 전부 합해 삼천에 달하는 대규모 병력을 보유했었으나 이제 남은 건 겨우 백오십뿐이었다.

주력 무인들도 대부분 유명을 달리해서 남은 것은 문주인 당청과 내원당주 당황을 비롯해서 겨우 이십여 명이 남은 상태였다.

그러나 남은 사람들의 상태도 그리 좋은 것은 아니었다. 당운영의 아버지이자 당문삼무의 일인인 당황은 왼쪽 손목이 잘렸고 왼쪽 옆구리에 창자가 삐져나올 정도의 중상을 입어 겨우 목숨을 보전하는 중이었다.

나머지 대다수도 전부 한두 군데씩 부상을 입고 있어 당문의 진영은 마치 부상 병동을 보는 것과 비슷했다.

문제는 이런 당문을 구룡이 방치하고 있다는 것이었다.

웬만하면 병력을 지원해서 방어를 하는 것이 마땅했으나 구룡 중 누구도 나서서 그들을 지원하지 않았다.

구룡을 건드린 당문의 행동은 그들의 입장에서 봤을 때 절대 용서할 수 없는 것이었다.

풍검문에 당해서 전멸할 처지에 빠진 것을 구해준 것은 당문이 예뻐서가 아니라 전력 보존이 필요했기 때문이었다.

무림맹의 세력이 하나라도 더 살아남아야 이 전쟁을 유리하게 이끌 수 있다는 소림 방장의 주장으로 당문은 전멸을 면할 수 있었다.

허름한 전막에 마주한 두 노인의 모습은 예전의 성세를 찾아볼 수 없을 만큼 초라했다.

그럼에도 그들의 눈에서 흘러나오는 정광은 날카로웠고 위압적이라 함부로 대할 수 없는 위엄이 나타났다.

그들은 다름 아닌 무림십왕의 일인이자 당문주인 독왕 당청과 그의 동생 당황이었다.

"벌써 삼 일짼가. 오늘 역시 조용하구나."

"놈들이 구룡이 맡고 있는 방어선을 때리고 있답니다. 여기는 외곽이기 때문에 주 공격로에서 빠진 모양입니다."

"병력 지원을 해주지 않는다고 원망할 일이 아니었어. 이쪽 방어가 강하다고 생각했다면 칼날을 돌렸을지도 모른다. 구룡 쪽으로 공격이 집중되고 있으니 그나마 다행이다."

"그렇습니다. 놈들이 계속 공격을 해왔다면 더 이상 버티기 힘들었을 겁니다."

"다친 자들에 대한 치료는 어찌 돼가고 있는가?"

"쉽지 않군요. 가문에서 가져온 비상 약품마저 모두 동이 난 상태라서 제대로 된 치료를 할 수 없는 상탭니다."

"그럼 이대로 버텨야 된다는 뜻이구나."

"할 수 없는 일이지요."

당황이 붕대로 둘둘 말려진 자신의 왼팔을 슬쩍 내리며 허공으로 시선을 돌렸다.

가형과 눈이 마주치지 않으려는 행동이었지만 당청은 이미 그의 왼팔을 확인하고 눈을 질끈 감았다가 뜨는 중이었다.

"고통스럽지 않느냐?"

"괜찮습니다. 오래전 상처라 이제 아무는 중입니다."

거짓말이다.

계속되는 싸움으로 인해 잘려진 왼 손목에는 이제 창이 생겨 진물이 철철 흘러내리고 있었다.

그럼에도 붕대마저 제대로 갈아주지 못했기 때문에 상처는 계속해서 악화되는 중이었다.

안다고 해서 뾰족한 수가 없으니 괜한 걱정을 만들어줄 필요가 없었다.

이것이 아니라 해도 가형이자 문주인 당청의 고통은 이루 헤아릴 수 없이 많았다.

당황의 대답을 들은 당청은 그저 묵묵히 고개를 작게 흔든 후 한숨을 지었다.

"가문에서 가져온 암기와 독이 바닥을 드러내고 있구나. 이제 몇 번만 더 싸우면 그마저도 쓸 수 없겠다."

"언제 우리가 암기에 의지해서 싸웠습니까. 너무 심려하지 마십시오."

"아이들이 제대로 치료조차 하지 못하고 죽어가니 가슴이 찢어지도록 아프다. 과욕으로 수많은 식솔들을 죽음으로 내몰았으니 죽어서도 선조들을 뵐 면목이 없다."

"형님!"

"가문의 영광이란 미명 아래 검을 든 것은 온전히 내 욕심 때문이었다. 그러니 어찌 내가 얼굴을 들고 살아갈 수 있단 말이냐."

"그러기에 더 사셔야 합니다. 이 전쟁에서 살아남아 가문을 부활시키는 것만이 형님의 죄를 용서받는 길입니다. 헛된 생각을 하시게 되면 선조들뿐만 아니라 이슬처럼 떨어진 수많은 식솔들이 형님을 원망하게 될 겁니다."

"어헝… 어헝!"

당황의 말을 들은 당청이 스르륵 눈물을 흘리다가 결국 곡을 쏟아냈다.

요즘 들어 부쩍 늙어버린 당청의 얼굴은 눈물이 범벅되자 논밭에서 비를 흠뻑 맞은 촌부처럼 변해 버렸고 그의 곡소리는 너무 구슬퍼 듣기 힘들 정도였다.

가문의 오래된 숙원을 이루고자 평생을 노력해 왔던 결과가 당문의 몰락으로 나타나자 잠도 이루지 못한 채 뜬눈으로 밤을 새웠다.

눈을 감으면 죽어간 동생과 수족들의 망령들이 떠올라 머리를 쥐어뜯어야 했다.

사는 게 사는 것 같지 않은 삶은 오로지 고통과 회한, 그리고 분노만이 남을 뿐이다.

당운영은 멍하니 산 아래를 바라보며 상념에 잠겨 있었다.

흘러가는 구름과 푸른 하늘.

고개를 들면 천국이었으나 눈만 내리면 지옥이 펼쳐져 있었다.

능선에는 아직도 치우지 못한 시신들이 방치되어 있었는데, 얼마나 많은 피가 흘렀는지 고랑이 파일 정도였다.

수많은 가문의 주력 무인들이 죽어갔고 당문칠비 중에서도 자신을 포함해서 단 세 명만 살아남은 상태였다.

가문의 영광을 위해 키운 비밀 병기들은 마지막 순간까지 적들에게 극심한 공포를 안겨주며 맹렬하게 산화해 갔다.

하루하루가 지옥이었고 공포였다.

적들의 공격은 집요했고 무서웠으며 강력했다.

천왕성의 무인들은 그동안 무림을 종횡하며 겪었던 무인들과는 근본적으로 궤를 달리하는 무공을 장착했는데, 그 위력이 너무 강맹해서 제대로 받아내기가 힘들 정도였다.

가문의 전력은 지난 석 달 동안 오 할이 소멸되었다.

청당전을 벌이면서도 고스란히 유지되어 왔던 병력이 천왕성과의 단기간 싸움에서 덧없이 쓰러져 갔던 것이다.

목숨을 위협받는 전쟁을 치를 때마다 언제나 그가 떠올랐다.

수많은 상처를 헤아리며 그가 와주기를 간절히 바랐다.

오지 못한다는 것을 알면서도 기다리는 자신을 자책하며 머리를 흔들었지만 그 바람은 신기루처럼 끝없이 떠올랐다.

보고 싶었다.

힘들수록 그의 얼굴이 떠올라 밤이 되면 스르륵 눈물이 흘러나왔다.

반드시 오겠다는 약속을 믿었다.

다시는 아파하지 않도록 해주겠다며 그는 자신의 입술에 달콤한 입맞춤을 하고 떠났다.

그 입술, 그 감촉.

부드럽고 따뜻한 그의 손.

자신을 포근하게 안아주었던 넓은 가슴.

모든 것이 그립고 또 그리웠다.

풍검문이 정확하게 안휘에 나타난 것은 이십삼 년 전의 일이었다.

풍도제 석송은 천왕이십오성의 일인으로 천왕오강에는 끼지 못했으나 무천십제에는 당당하게 이름을 올리고 있는 절대의 고수였다.

당초 계획은 안위에서 머물며 대계가 시작되면 무림맹의 후미를 치는 침투 부대의 역할을 하게 되어 있었으나 청당전이 벌어지면서 북부 전선의 선봉 역할을 맡게 되었다.

신주십강에 속하는 풍검문.

풍도제 이하 기라성 같은 고수들이 포진하고 있어 당문은 풍검문에게 치명타를 입고 연신 후퇴의 길을 걸어야 했다.

사돈지간이었지만 그것은 외부로 드러난 것에 불과했을 뿐 그들은 원수보다 더 지독한 악연으로 맺어진 사이였다.

당문은 그들을 이용해서 청성의 힘을 약화시키려 했고 풍검문은 정략혼인을 통해 청당전을 일으키려는 음모를 가졌다.

두 문파의 이해득실이 합쳐지면서 혼인은 성사되었으나 당문에서 풍검문의 야욕을 눈치채었고 시집간 당운영이 어떤 대접을 받았는지 알게 된 후부터 두 문파의 사이는 급격하게 벌어졌다.

풍검문은 천왕성의 총사를 향해 스스로 직접 당문을 치겠다는 요청을 했다.

좋지 못했던 인연을 끈을 자신의 손으로 끊어버리겠다는 이유였다.

물론 그 이면에는 많은 이유들이 있었다.

서로 간의 계략을 알게 되면서 언쟁을 통해 씻을 수 없는 모멸감을 서로에게 심어주었기 때문에 자존심에 상처를 입은 그들은 서로의 심장에서 흘러내리는 잔인한 피를 간절하게 원했다. 무인은 오직 검으로 말할 뿐, 하찮은 주둥이를 통해 자존심에 상처를 입는 것은 죽어도 당하고 싶지 않은 일이었기 때문이다.

그 결과 당문은 풍검문의 전격적인 기습 전략에 휘말려 상당수의 무인을 잃었다.

한번 밀린 전선은 쉽게 회복되지 않았다.

형제처럼 지내온 황보세가가 옆에서 전력을 다해 도왔지만 풍검문에는 대도문이란 강력한 협조 세력이 있었기 때문에 오히려 황보세가마저 위험에 처했다.

연일 계속되는 후퇴.

전선은 자신들의 근거지인 당가타를 버린 채 섬서까지 밀려났다.

그 와중에 당문삼무 중의 일인인 외원당주 당추를 비롯해서 가문의 수많은 주력 무인들이 목숨을 잃어 이제 겨우 삼 할의 병력만 남았을 뿐이었다.

풍검문의 공격이 잠시 멈춘 것은 삼 일 전의 일이었다.

당문이 얼마 남지 않은 병력으로 풍검문의 치열한 공격을 막아낼 수 있었던 것은 좌우를 받치고 있는 소림과 무당이 결정적인 순간 수시로 지원을 해주었기 때문이었다.

그럼에도 병력은 계속 줄어들었고 남은 자들도 처참한 몰골로 변해갔다.

좌우의 전선이 천왕성의 전면적인 공격에 치열한 싸움을 벌이고 있다는 것을 알면서도 지원 나갈 엄두조차 갖지 못할 만큼 그들의 상황은 최악이었다.

구룡에 대한 공격으로 자신들이 공격당하지 않는 것만 해도 천행으로 여길 정도였으니 당문의 사정은 최악으로 몰려 있는 상태였다.

"지금 전황은?"

"좌방은 소천께서 오단을 직접 이끌고 출전하셨습니다. 이미 태백(太白)을 장악했다는 전갈이 왔습니다."

"우방은?"

"삼왕과 사왕께서 칠전과 함께 안강(安康)을 공략 중이신데 워낙 소림을 주축으로 한 무림맹의 방어가 탄탄해서 아직 뚫지 못한 것으로 아옵니다."

청색 전포을 입은 사십 중년의 사내가 보고를 마치고 고개를 숙이자 태사의에 앉아 있던 풍도제의 고개가 미미하게 끄덕여졌다.

거대한 전막에는 풍검문의 주력 고수들이 대부분 모여 있었는데, 그중에는 석천도 끼어 있었다.

방금 보고를 마친 자는 풍검문의 전략을 맡고 있는 소환 철충이었다.

그는 천왕삼뇌에는 못 미치지만 대단한 전략가로 알려진 사람이었고 삼뇌와는 다르게 초절정의 고수였다.

풍도제가 잠시 침묵을 지켰기 때문에 좌중은 바늘 끝이 떨어져도 들릴 만큼 조용해졌다.

이런 침묵을 깬 것은 풍도제의 장자 석천이었다.

"아버님, 이제 공격할 시기가 되었습니다. 소천께서 태백을 장악했고 왕자들께서 안강만 막아준다면 놈들은 고립무원입니다."

"알고 있다."

"혹여 청성이 움직일까 걱정하시는지요?"

"청성은 홍천에 웅크리고 있다. 그곳은 당문과 황보세가가 방어선을 친 석천과 불과 삼십여 리가 떨어져 있을 뿐이다. 만약 그들이 전선에 투입되면 머리가 아파지는 경우가 생긴다."

홍천은 당문이 방어선을 펼친 석천과 직선으로 삼십 리가 떨어져 있었는데, 문평산이 중간에서 가로막고 있었기 때문에 왕래를 하기 위해서는 족히 칠십 리는 걸리는 거리였다.

풍검문과 대도문이 청성을 공격권에서 뺄 수밖에 없었던 것은 청성의 방어선이 무당, 화산과 연합되어 있었기 때문이었다.

북부 전선은 한중(漢中)이 주전장이었으나 상당한 거리가 떨어져 있을 뿐 홍천도 주요 전략 지점 중의 하나였다.

그랬기에 풍검문이 본격적으로 당문을 공격한다면 지원 나올 가능성이 상당히 컸다.

하지만 석천은 풍도제의 말을 전혀 수긍하지 않았다.

"그자들이 지원해도 결과는 마찬가집니다. 우리 전력은 청성이 합류한다 해도 능히 돌파할 수 있을 것입니다."

"돌파는 되겠지. 문제는 우리가 너무 큰 타격을 받는다는 것이다."

"…음."

풍도제의 걱정이 무엇인지 안 귀검 석천의 입이 굳게 닫아졌다.

당운영을 추적하면서 마검의 위치를 알게 되었지만 끝내 성에서는 그들을 공격하지 않았다.

마음 같아서는 혼자라도 그들을 죽이고 싶었으나 당시의 마검 옆에는 점창의 최고수들이 모두 모여 있었기 때문에 어쩔 수 없이 공격을 포기해야만 했다.

마검을 죽이려 했던 것은 당운영의 마음을 아프게 하기 위함이었다.

가장 좋은 방법은 직접 그년을 죽이는 것이었으나 아직 때가 되지 않았기 때문에 그냥 두고 볼 뿐이었다.

혼인은 했으나 당운영은 증오의 대상이었다.

그는 어렸을 적 사고로 인해 물건이 서지 않는 고자가 되었다. 그렇다고 해서 사내임을 포기한 적은 한 번도 없었다.

정략결혼이었고 당운영을 사랑하지도 않았다.

그럼에도 이런 증오를 갖게 된 것은 벌레처럼 자신을 바라보는 그녀의 시선과 행동 때문이었다.

혼인을 했으니 자신은 지아비였고 혼인을 했으니 그녀는 유부녀였는데, 늘 머릿속에서 다른 남자를 생각하며 자신을 무시했다.

물론 사랑을 구걸하지도 않았고 그러고도 싶지 않았다.

어차피 자신은 그녀를 안을 수 없는 고자였으니까.

하지만 그런 그녀의 행동은 그에게 죽음 같은 고통을 심어주었다.

더러운 년.

죽여야 한다. 기회가 되면 죽이는 것이 아니라 어떤 수단과 방법을 동원해서라도 반드시 죽여야 했다.

그래야 죽음 같은 고통에서 벗어나 자신이 살아갈 수 있을 테니까.

풍도제의 고민에 입은 닫았지만 그의 속은 새까맣게 탈 정도로 답답해졌다.

만약 아버지가 공격을 포기하게 된다면 또다시 불면의 밤을 새우며 고통에 시달려야 하기 때문이다.

다행스럽게 그를 도와준 것은 철충이었다.

"주공, 청성이 가세하면 물론 우리 전력이 상당 부분 손실을 입게 될 것입니다. 그러나 그렇다고 해서 공격을 주저하시면 안 됩니다. 총사의 의중은 성의 주력이 구룡을 견제하는 동안 중앙에 있는 우리가 취약한 당문의 방어선을 뚫고 장안(長安)까지 함락시켜 주는 것이기 때문입니다. 여기서 공격을 안 하시게 되면 본성의 전략에 차질을 빚게 될 것입니다."

"나는 내 수하들이 다치기를 원하지 않는다."

"그래도 하셔야 합니다. 더군다나 청성이 지원하지 않을 가능성은 칠 할이 넘습니다. 놈들은 당문과 철천지원수가 아닙니까?"

"으흠."

"주군!"

"정말 그 수밖에 없느냐?"

"예, 주군."

"그렇다면 할 수… 없구나. 그것이 최선의 길이라면 선택할 수밖에. 우리가 비록 위험에 처할 수 있다 하더라도 대계에 지장을 줄 수는 없지. 공격은 내일 새벽에 결행하는 것으로 한다. 전략은 단 하나, 속전속결이다. 우리는 석천을 돌파하면 무조건 장안까지 진격한다."

"존명!"

두 사람의 대화를 듣던 각 부대의 수장들이 한꺼번에 우렁찬 복명을 합창했다.

풍도제.

역시 일문의 수장답게 치밀한 심계를 지닌 자다.

어차피 공격할 거면서 모든 변수를 담아놓고 수하들에게 결정권을 반 이상 넘겨 스스로 우러나온 충성을 받아낸다.

먼저 위험을 견지시키고 그럼에도 공격해야 되는 명분을 내세웠으니 공격의 피해가 크게 되더라도 각 단의 수장들은 그에게 조금의 불복조차 갖지 않을 것이다.

풍운대는 사시(沙市)로 들어가 치료를 하면서 시간을 보냈다. 사시는 남궁세가를 비롯해서 제갈세가 등 전통의 세가들과 삼십팔세 중 신극문과 대도천이 합쳐져 천왕성의 병력과 대치 중인 의창(宜昌), 송자(松滋)의 후방 백여 리에 위치했기 때문에 공격에서 안전한 곳이었다.

그들이 빠져나온 남부 전선은 망성(望城)에서 운곡의 예측대로 팽팽한 대치를 하고 있었는데, 양쪽의 병력이 집결하면서 일촉즉발의 기운이 맴돌고 있었다.

운호가 며칠간의 고민 끝에 운곡을 찾은 것은 오시 무렵이었다.

운곡은 가슴에 난 상처가 거의 아물어 이제는 기동이 가능했기 때문에 운호가 들어오자 누웠던 몸을 일으켜서 맞아들였다.

"네가 어쩐 일이냐?"

"사형, 부탁드릴 일이 있어서 왔습니다."

"그게 뭐냐?"

운곡이 묻자 한동안 입을 열지 못하던 운호가 어렵게 입을 뗐다.

"사형께서 허락만 해주신다면 이제라도 섬서에 가보고 싶습니다. 아무래도 그녀가 커다란 위험에 빠진 것 같아서 걱정이 됩니다."

"음, 당연히 그랬어야 했던 일이다."

"죄송합니다."

"죄송은 무슨……."

운곡은 운호의 얼굴을 빤히 쳐다보았다.

여간해서는 속에 있는 말을 꺼내지 않는 사제였다.

세상을 들었다 놓을 정도의 무력을 지녔음에도 언제나 공경한 태도를 유지했고 자신의 일보다 사문의 명을 우선했으니 언제 봐도 기꺼운 사제였다.

그런 사제가 걱정과 슬픔으로 자신을 찾아오자 운곡은 가슴이 싸하게 아파왔다.

풍운대는 며칠 내로 망성에 합류할 생각이었다.

망성이 함락되면 호남이 천왕성의 수중에 떨어지는 건 시간문제일 뿐이었다.

그리되면 전선에 구멍이 뚫리게 되고 중부 전선도 더 이상 버티지 못하게 된다.

하지만 운호가 찾아와 자신에게 부탁을 하자 급격하게 마음이 혼들렸다.

무림의 안위도 중요했지만 그에게는 운호가 아픈 것도 그에 못지않게 중요했다.

더군다나 북부 전선은 남부 전선 못지않게 치열한 전투가 벌어지는 곳이었다.

운호만 혼자 보내게 되면 자칫 위험에 빠질 수 있기 때문에 운곡은 잠시 생각에 잠겼다가 입을 열었다.

"우리도 같이 가겠다. 언제 출발하는 게 좋겠느냐?"

"사형, 그러실 필요 없습니다. 풍운대는 망성으로 가야 합니다. 망성이 얼마나 중요한지 잘 아시지 않습니까. 섬서의 일은 제 개인적인 일이니 저만 가도록 하겠습니다."

"정말 괜찮겠느냐?"

"예, 사형."

"그렇다면 운상과 운여와 함께 가거라."

"저 혼자 가도 됩니다."

"점창삼신룡은 점창을 상징하는 사람들이다. 언제나 같이 움직일 필요가 있다. 더군다나 내 판단에는 곧 사문에서 본력이 내려올 것으로 보인다. 이렇게 전황이 불리하게 되었으니 무림맹주인 소림은 결국 점창에게 손을 벌리게 될 것이다. 그러니 너희들은 걱정하지 말고 출발해라. 우리는 본력과 합류해서 망성을 방어하도록 하마."

"고맙습니다, 사형!"

"몸 보중 잘하거라."

운곡은 운호의 어깨를 두들겨 주며 푸근한 미소를 보였다.

분명 어렵고 힘든 길을 갈 것이다.

당문이 처한 상황은 어찌 보면 망성보다 훨씬 최악일 테니 운호의 앞길이 평탄해 보이지는 않았다.

그럼에도 아무 소리 하지 않고 보내주었다.

사제가 후회 속에서 살지 않도록 해주고 싶었기 때문이다.

그렇게 점창삼신룡은 그날 오후 풍운대의 배웅을 받으며 먼 길을 떠났다.

그들이 있는 사시에서 당문이 방어선을 친 석천까지는 무려 삼천 리가 떨어져 있었으니 아무리 서둘러도 최소 오 일은 걸리는 거리다.

귀검 석천은 도열된 병력을 바라보며 이를 악물었다.

참으로 지랄 맞게 당문이 방어선을 친 능선의 명칭이 자신의 이름과 똑같은 석천이었다.

이것이 그녀와 자신의 악연을 알려주는 것일까?

풍검문의 좌측 칠 리 전방에는 대도문이 황보세가를 공격하기 위해 준비를 하고 있는 중이었다.

오늘 아침 출격 준비를 끝냈을 때까지 청성은 아무런 움직임을 보이지 않았다.

정보가 들어가지 않았을 수도 있었고 알면서도 모른 체할 수도 있었다.

물론 풍검문은 주변 오십 리 주변의 수상한 자들을 전부 도륙해서 무림맹의 간자들을 모조리 잡아냈는데, 만약의 사태에 대비하기 위함이었다.

청성이 가담하게 되면 풍도제의 염려대로 전력에 많은 타격을 입기 때문에 최선을 다해 무림맹의 간자들을 척살했다.

청성이 가담하지 않으면 이번 공격으로 당문은 씨를 말리게 된다.

그들의 목표는 오전에 석천을 말살시키고 저녁 무렵까지 장안까지 진군하는 것이었다.

하지만 그의 마음속에 들어 있는 것은 오직 하나뿐이었다.

당운영을 찢어 죽이는 것.

그녀는 아직도 석천에 처박혀 마검만을 생각하며 하루하루를 보내고 있을 것이다.

기다려라, 곧 만나게 될 테니…

벌판에 도열한 적의 병력은 한눈에 봐도 천에 가까웠다.

도대체 어디서 저렇게 많은 병력이 한꺼번에 나타날 수 있었던 것일까.

그동안 석천에 방어선을 친 이후로 풍검문은 십여 회에 거쳐 공격을 시행했지만 지금처럼 많은 병력을 동원한 것은 처음이었다.

물론 풍검문에서 대규모 병력을 동원하지 않은 이유는 충분히 있었다.

당문이 가지고 있는 암기와 특수 무기들은 대량 살상용이었기 때문에 대규모 병력이 동원될 경우 피해가 커질 수 있다는 것이 첫 번째요, 두 번째는 압도적인 병력이 동원되었을 때 구룡의 지원 병력들이 움직였기 때문이었다.

실질적으로 풍검문이 대대적인 공격을 편 세 번의 공격에서 화산과 무당, 그리고 소림이 병력을 이끌고 나타나 석천을 방어한 적이 있었다.

당문도 많이 죽었지만 풍검문의 피해도 만만치 않았는데

저렇게 많은 병력이 나타났다는 것은 낭인들과 중소 문파의 무인들이 상당수 가담했다는 것을 알려주는 것이었다.

적의 병력을 확인한 당청의 얼굴이 흙빛으로 변했다.

삼 일 동안 움직이지 않는 풍검문의 행동이 구룡에 대한 전면전 때문이라고 생각했는데 막상 벌판을 가득 채우고 나타난 병력을 보자 한숨이 흘러나왔다.

직감.

천왕성의 주 공격로가 구룡이 아니라 자신들이었음을 적들의 병력 숫자를 확인한 후 직감할 수 있었다.

구룡의 지원을 틀어막고 석천을 치는 계획이다.

석천이 뚫리면 장안까지 진격하는 것은 일도 아닐 것이고 천왕성의 집요한 공격에 직면해 있는 구룡은 이들을 막을 여유가 없다.

장안이 적들의 수중에 떨어지게 되면 구룡의 방어선은 아무런 의미가 없어지게 된다.

장안은 섬서의 심장이기 때문에 어디든 비수를 들이댈 수 있기 때문이다.

당청은 서서히 눈을 돌려 가문의 병력을 확인했다.

진지에 붙어선 채 마지막 남은 공성 무기들을 거치하느라 여념이 없는 식솔들의 얼굴에는 죽음이 가득 들어 있었다.

구궁수전을 비롯해서 매화산통 등 대량 살상 무기들은 이제 두 번 쓸 분량밖에 남아 있지 않았으나 아직 치명적인 독으로 무장된 투골정과 귀왕령 등은 상당 부분 남아 있었다.

물론 전멸을 면치 못할 것이다.

그러나 풍검문은 그보다 훨씬 많은 목숨을 내놓아야 한다.

공격을 개시하기 위해 도열한 적들을 보던 당청은 내당 당주이자 친동생인 당황이 다가오자 무심한 눈으로 불쑥 입을 열었다.

"둘째야, 운영이는 보내는 게 어떻겠느냐?"

"갑자기 무슨 말씀이십니까?"

"그냥… 그 아이라도 살리고 싶어서……."

"양이도 죽었고 순이도 죽었습니다. 형님의 아들들이자 제 조카들이 제대로 눈조차 감지 못하고 죽어갔단 말입니다. 그런데 제 딸을 살리잔 말씀입니까!"

"황아… 그때와는 상황이 다르다."

"다를 것은 없습니다. 그때나 지금이나 우리는 목숨을 걸고 싸울 뿐이지요. 어느 목숨이 귀하지 않겠습니까. 형님… 우리 이제 미련 같은 거 버립시다."

"미련은 없다. 그러나 네가 아플까 봐 걱정될 뿐이다."

"전 괜찮습니다. 그리고 운영이도 괜찮을 겁니다. 저로 인해서 그 아이도 지랄 같은 삶을 살았으니 더 이상 삶에 미련 같은 건 없을 겁니다."

"그런가……."

말을 그친 두 사람의 시선이 동시에 산 아래 벌판으로 향했다. 그곳에는 풍검문의 병력들이 거칠게 돌격을 시작하고 있는 중이었다.

당운영은 공격해 오는 적들의 모습을 보면서 천천히 나비 가면을 얼굴에 썼다.

아버지인 당황은 중앙 방어진지로 떠나면서 그녀를 향해 떠나라는 말을 남겼다.

자신으로 인해 불행한 삶을 살아야 했던 딸에게 진정으로 미안했다는 말과 함께.

아버지의 고통이 가슴으로 받아들여져 그의 손을 꼭 잡았다.

그런 후 아버지의 커다란 가슴에 안기며 눈물을 흘렸다.

'아버지 때문이 아니었어요. 운명이 그렇게 만들었을 뿐이니 저에게 더 이상 미안해하지 마세요.'

입을 떼어 한 말은 아니었지만 아마 아버지는 자신의 뜻을 알아들었을 것이다.

그는 자신을 낳고 길러주신 분이니까.

등을 돌려 걸어가는 아버지의 모습은 너무나 초라했다.

잘려진 왼팔이 흔들렸고 등은 굽어 예전의 당당함을 찾아 볼 수 없었다.

도망가라는 아버지의 말에 마음이 흔들렸다.

여기서 이대로 죽는다면 영원히 그를 볼 수 없을 테니 그를 다시 만나기 위해서는 이곳을 떠나야 한다.

하지만 그녀의 다리는 움직이지 않았다.

운명이란 것은 하고 싶지 않은 일도 할 수밖에 없도록 만드는 잔혹성을 가져 그녀를 떠나지 못하도록 만들었다.

운호를 사랑했던 것도 운명이었고 그를 떠나 풍검문에 시집을 간 것도 운명이었다.

자신을 에워쌌던 불운과 불행도 모두 운명이었고 사랑하는 사람들이 전쟁의 소용돌이에 휘말려 목숨을 잃어간 것도 모두 운명이다.

그리고 자신의 마지막 운명은 이곳에서 삶을 마치는 것이란 생각이 들었다.

늘 가슴속에 들어 있던 짐을 이젠 벗을 때가 된 것 같았다.

억지로 그의 약속을 받아냈으나 즐겁고 행복했던 것만은 아니었다.

어떤 이유로든 그를 배신하고 남의 여자가 된 몸이었다. 아직도 사랑한다며 떼를 썼으나 그러한 사실은 변할 수 없는 것들이었다.

착한 그 사람은 자신의 그런 말도 안 되는 주장을 받아들이며 다시 찾아오겠다는 약속을 남겼다.

참으로 바보 같은 사람이었다.

그가 사랑하는 사람이 있다는 것도 안다.

그녀는 자신보다 더 아름다웠고 현명해서 십미(十美)에 포함될 만큼 뛰어난 여인이었다.

그런 사실을 알면서도 그를 과거의 인연과 실수를 핑계로 압박한 것은 오로지 그녀의 욕심 때문이었다.

과거의 인연을 끊어내지 못하고 상처투성이인 자신을 받아들인 그의 어리석음이 그녀의 가슴에 무거운 돌덩이를 얹어놓게 될 줄은 그땐 전혀 상상조차 못 했었다.

그리움과 미안함.

욕심 때문에 그를 되찾으려 했었으나 그래서는 안 되었다는 것을 알게 된 후부터 그녀는 불면의 밤을 보내야 했다.

무엇이 옳은 것인지 알 수 없었던 혼란 속에서 그녀는 가문의 식솔들이 죽어나가는 것을 봐야 했다.

아버지의 말을 듣지 않고 적들을 향해 걸어가고 있는 것은 삶과 죽음의 경계를 살아가면서 어느샌가 자신도 모르게 그를 포기했기 때문일 것이다.

진정한 사랑은 그를 자유롭게 놔주는 것이라는 말이 생각났다.

사랑 때문에 사랑하는 사람을 고통스럽게 만드는 것은 진정한 사랑이 아니라는 말도 들었다.

그랬기에 마지막 싸움을 준비하는 가족들을 남겨놓고 도망가야 할 이유가 더 이상 떠오르지 않았다.

그래도 얼마나 다행이란 말인가.

세상에 와서 가슴이 떨리도록 아름다웠던 추억이 있었고 언제나 그리워할 수 있는 사람을 만들었으니 절대 후회되지 않는 인생을 살았다고 말할 수 있다.

적들이 백 보 앞으로 다가오자 구궁수전과 매화산통이 동시에 날아올랐다.

당문이 자랑하는 타격 무기들의 가공할 위력은 절정고수라도 피하기 어려울 정도였기 때문에 풍검문의 전위에서 돌격하던 자들이 부지기수로 쓰러져 갔다.

하지만 구궁수전과 매화산통은 단 두 번밖에 쓸 수 없었기에 백여 명의 사상자를 낸 풍검문은 곧바로 당문의 방어선으로 돌진해 왔다.

투골정과 귀왕령이 쏘아진 것은 적들이 근접해서 신형이 확연히 나타났을 때였다.

쐐애액!

스치는 것만으로도 금방 전투력을 상실할 정도로 강력한 독이 내포된 암기가 벌 떼처럼 날자 여기저기서 신음 소리와 함께 풍검문의 무인들이 쓰러지기 시작했다.

피한다고 해서 피해질 수 있는 암기가 아니었다.

순식간에 오십여 명이 쓰러졌고 계속되는 공격에 또다시 그만한 숫자가 쓰러져 갔다.

이것이 당문의 위력이다.

정상적인 전력을 보유하고 있었다면 신주십강에 포함되는 풍검문이라 해도 절대 만만하게 상대할 수 없었을 정도로 당문의 암기는 지독한 것이었다.

하지만 워낙 커다란 전력의 차이는 암기의 위력을 충분히 발휘하지 못하게 만들며 난전으로 치닫게 했다.

난전은 당문의 전멸을 의미하는 것이었다.

파도가 모래사장을 덮어버리듯 풍검문의 무인들은 당문의 무인들을 향해 쏟아져 들어왔다.

그러나 싸움은 금방 끝나지 않았다.

죽음을 목전에 둔 당문 무인들의 반격은 너무나 처절해서 수많은 풍검문 무인들의 목숨을 앗아가고 있었다.

특히 전면에서 서서 한 자루 금룡편을 휘두르는 당청의 위용은 전신을 연상시킬 만큼 대단한 것이었다.

무림십왕의 일인, 독왕 당청.

그의 독문병기인 금룡편은 황금색 편기를 날려대며 공중을 완전히 장악한 채 수많은 적들을 혈무로 만들어내고 있었다.

대적불가의 위력.

가공할 그의 위력에 적들은 전진을 하지 못하고 주춤거리며 방어선을 뛰어넘지 못했다.

하지만 그것도 잠시.

허공을 격하고 날아온 한줄기 섬광이 편기를 제압하면서 풍검문의 전진은 다시 시작되었다.

거대한 칼.

무인들의 숲을 건너 단숨에 나타난 거대한 칼의 주인은 다름 아닌 풍도제였다.

그의 칼은 나타나는 순간 이미 금룡편을 반이나 잘라내서 당청을 뒤로 일 장이나 튕겨내었다.

부지불식간의 기습.

절대고수로서 절대 해서는 안 될 짓이었지만 풍도제는 한 치의 망설임도 없이 당청의 등을 향해 칼을 찔러내었다.

단 일격에 치명상을 입은 당청의 입에서는 검붉은 피가 연신 쏟아져 나오고 있었다.

하지만 그는 허리를 곧추세운 채 풍도제를 향해 비웃음을 흘려냈다.

"여전히 비겁한 놈이로구나."

"귀찮아서 그랬으니 이해해. 정면으로 싸우면 시간이 걸릴까 봐 그랬다."

"크흐흐. 명성이 아깝다. 풍도제란 이름은 개에게나 주거라."

"나는 명성에 연연하는 사람이 아니야. 그러니 그런 것에 신경조차 쓰지 않는다. 자, 그만 가라. 네 눈으로 식솔들이 죽어가는 걸 보는 것도 가슴 아플 테니……."

풍도제의 칼이 진격세로 뻗어지자 도기들이 부챗살처럼 나뉘며 순식간에 폭사되어 나왔다.

도기들은 마치 하늘에 유성우를 만들어놓은 것처럼 보였는데, 어느 순간 합쳐지며 당청의 몸을 향해 번개처럼 내리꽂혔다.

당운영은 방어선의 우측에서 분전을 거듭했다.

그녀의 옆에는 호안을 쓴 당문혁과 용안의 당문수가 자리를 잡고 있었는데 모두 당문칠비에 속하는 무인들이었다.

당문의 암천 당문칠비의 생존자들은 오직 그들뿐이었다.

다른 곳과는 달리 우측 방어선은 그들의 분전으로 팽팽히 맞서고 있는 중이었다.

선두에서 그들이 적들을 차단하면서 남은 무인들이 적절히 투골정과 귀왕령을 뿌려댔기 때문에 풍검문의 무인들은 막대한 피해를 보고 있었다.

그럼에도 그들은 끝장을 보려는 듯 공격을 멈추지 않았다.

처음에는 낭인과 중소 문파의 무인들이 전면에 섰기 때문에 막는 게 어렵지 않았으나 점점 무력이 강한 풍검문의 본진이 나타나면서 싸움은 훨씬 치열하게 변했다.

그러나 그 치열함이 지옥으로 변한 것은 그리 오래 걸리지 않았다. 투골정과 귀왕령이 떨어지면서 순수한 무력으로 싸움이 벌어지자 당문 무인들은 풍검문의 검귀들에게 추풍낙엽처럼 쓰러져 갔다.

죽이고 죽는 전쟁의 참혹함이 둔덕을 휩쓴 두 시진은 석천을 지옥으로 만들어 버린 지 오래였다.

헉헉…

당운영은 잘린 왼팔을 부여잡고 뒤로 물러나 핏물로 가득 찬 웅덩이에 무릎을 꿇었다.

그의 앞에는 가슴이 쩌억 벌어진 당문혁이 석천을 가로막고 있었으나 이미 전의를 상실한 상태였다.

주변을 돌아보자 살아남은 당문 무인들은 보이지 않았다.

눈을 두리번거리며 아무리 찾아도 아버지의 모습을 찾을 수 없었다.

하지만 그녀는 안다.

아버지도 분명 저곳 어딘가에 쓰러져 있다는 것을.

한차례의 번쩍임 끝에 당문혁의 목이 떨어져 내렸고 곧이어 신형마저 무너졌다. 사촌 오라버니인 당문혁은 무엇이 그리 억울한지 눈을 감지도 못한 채 하늘을 노려보고 있었다.

천천히 일어나 비접을 손에 들었다.

지아비였던 석천은 징그러운 미소를 지은 채 그녀의 앞으로 다가왔는데, 미소 속에 담긴 것은 여전한 증오였다.

추혼비접.

그 옛날 장안평에서 운호의 몸에 상처를 입혔던 그녀의 비접이 석천을 향해 날아올랐다.

워낙 심한 부상을 입었고 기혈이 엉켜 본신의 위력은 반조차 나타나지 않았지만 비접은 아름답게 석천을 향해 날아갔다.

그 모습을 보면서 당운영은 눈을 감았다.

모든 것이 꿈처럼 느껴졌다.

운호를 만난 것도, 석천을 만난 것도.

자신을 죽이기 위해 검을 휘두르는 석천의 잔인한 시선이 어딘지 모르게 슬퍼 보여 그가 안쓰럽게 느껴졌다.

운명 속에서 사랑했고 악연 속에서 증오했으니 삶은 진정 덧없는 것인가 보다.

날카롭게 느껴지는 목의 통증 속에서 머릿속이 하얗게 비어가며 하나의 영상이 떠올랐다. 객잔에서 처음 만났을 때 어리숙한 웃음을 지은 채 다가오던 운호의 모습이었다.

벌써 오 년이란 세월이 지났지만 그녀에게는 언제나 바로 어제 있었던 일처럼 생생했다.

그와 함께하며 설레었던 많은 밤들이 아름답게 다가왔다.

그는 함께 있을 때면 언제나 자신과 제대로 눈을 맞추지 못하고 얼굴을 붉힌 채 고개를 숙이곤 했었다.

영혼의 향기가 너무나 달콤해서 눈을 뗄 수 없게 만들었던 사람. 그런 사람의 곁을 이젠 영원히 떠나야 한다.

눈물이 떨어져 내렸으나 차가움을 느끼지 못했다.

그녀의 눈물은 이미 온기를 잃어버려 어느새 차갑게 식어 있었기 때문이었다.

보고 싶어도 이젠 영원히 당신을 볼 수 없을 것 같네요.

하지만 잊지는 않을 거예요. 당신과 함께했던 추억과 사랑을.

잘 있어요… 안녕, 내 사랑.

4장

마검의 분노

운호 일행은 사시(沙市)를 떠나 전력으로 섬서를 향해 움직였다.

마음은 급했고 전황은 수시로 변했기 때문에 그들은 잠시도 쉬지 못한 채 줄기차게 섬서를 향해 나아갔다.

신응들의 전황 정보는 사시를 출발하고 이틀 후까지는 구룡이 맡고 있는 북부 전선에 관한 내용들이 대부분이었다.

화산과 무당의 방어선이 뚫려 후퇴하는 중이고 간신히 소림의 주축 방어선만 일진일퇴의 공방전을 펼치고 있다는 소식이었다.

하지만 이틀이 지나고부터는 당문과 황보세가, 그리고 망성의 공방전에 관한 것들에 관한 정보가 물밀듯 쏟아지기 시작했다.

두 곳의 상황이 구룡의 방어선보다 훨씬 급하고 중요했기 때문이었다.

충격적인 소식이 날아온 것은 어제 저녁의 일이었다.

당문과 황보세가가 풍검문과 대도문에 의해 전멸되었고 장안이 함락되었다는 것이었다.

장안이 함락되었다면 구룡은 더 이상 섬서의 방어선을 유지할 수 없다는 뜻이고 곧바로 후퇴해서 산서나 하남을 이차 방어선으로 삼아야 된다는 걸 의미했다.

그러나 운호 일행을 놀라게 만든 것은 전황이 아니라 당문이 한 사람의 무인조차 살아남지 못하고 전멸당했다는 소식이었다. 너무 놀란 일행은 잠을 포기하고 석천을 향해 곧장 날아갔다.

석천까지의 거리는 겨우 반나절밖에 걸리지 않았기 때문에 그들이 도착했을 때는 동이 트는 새벽녘이었다.

운호는 떨리는 걸음으로 석천의 능선을 살폈다.

석천에는 한편의 지옥도가 펼쳐져 있었다.

수많은 시신이 넝마처럼 널브러져 있었고 흐른 피가 내를 이루었다가 말라 버려 고랑을 만들어놓았다.

살아 있을 거라 수없이 되뇌었지만 마음속을 비집고 들어오는 불안감은 떨쳐 낼 수 없었다.

그녀가 이 속에 없기를 간절히 바라며 운호는 한 걸음 한 걸음 시신 속을 나아갔다.

그러다가 문득 걸음을 멈추었다.

자신보다 먼저 앞으로 나갔던 운상이 멀리서 움직이지 않은 채 자신을 바라보고 있었기 때문이었다.

아무런 말도… 하지 마라, 운상아…

나를 보던 시선을 거두고 거기서 아무것도 발견하지 못한 것처럼 그냥 다른 곳으로 가다오.

간절하게 바랐으나 운상은 자신을 바라보는 눈길을 거두지 않았다.

그의 눈은 충격으로 인해 어쩔 줄 모르고 있었는데 몸마저 부들부들 떨어대는 중이었다.

가고 싶지 않았으나 가야 했다.

친구가 저토록 무섭게 떨고 있다는 것은 그곳에 그녀가 있다는 것을 단적으로 알려주는 것이었다.

한발 한발 무겁게 움직여 운상이 서 있는 둔덕으로 향했다.

다리는 가기 싫다는 듯 천 근처럼 움직이지 않았으나 운호는 꾸준하게 움직여 끝내 둔덕에 도착하고 말았다.

거기에 예상대로 그녀가 있었다.

살포시 감은 눈, 하얗게 말라붙어 있는 눈물이 담긴 얼굴은 여전히 아름다웠으나 육신을 잃어버린 채 덩그러니 땅에 떨어져 있어 어딘지 외롭게 보였다.

풀썩 주저앉아 한동안 멍하니 보다가 기어서 그녀에게 엉금엉금 다가갔다.

기다린다고 했는데, 반드시 찾아올 거라 약속했는데 그녀는 이미 차가운 시신이 되어 자신을 바라보지도 못하는 몸이 되어 있었다.

떨리는 손으로 그녀의 머리를 가슴에 안고 얼굴을 비볐다.

눈물이 쏟아져 내려와 그녀의 얼굴을 따뜻하게 덥혀주었지만 그녀는 끝내 눈을 뜨지 않았다.

어헝, 어헝!

끝없이 흐르는 눈물과 함께 운호의 입에서 흘러나오는 통곡이 새벽을 밝히는 태양과 함께 둔덕을 뜨겁게 적셨다.

세상에 태어나 처음으로 사랑을 느끼게 만들어주었고 그토록 사랑했음에도 자신으로 인해 불행에 빠진 여인이었다.

약속했었다.

다시는 아프게 만들지 않겠다고.

반드시 돌아와 행복하게 해줄 테니 기다려 달라고 했었는데 그녀는 이미 팔다리가 처참하게 잘린 시신으로 변해 자신을 맞이하고 있었다.

운호가 정신을 차리고 통곡을 멈춘 것은 거의 한 시진이 지난 후였다.

그동안 운호는 사부님이 떠난 이후 처음으로 원 없이 눈물을 흘려내며 그녀와의 이별을 아파했다.

운상과 운여는 운호의 눈물을 막지 않고 그저 멍하니 서서 주변을 경계만 했다.

사랑하는 사람과의 슬픈 이별은 누군가 막는다고 해서 아픔이 덜해질 수 없다는 것을 너무나 잘 알기 때문이었다.

운호는 당운영의 신체를 하나씩 정성껏 모은 후 보자기에 싸서 등에 메었다.

아직 굳지 않은 핏물이 슬금슬금 새어 나왔으나 운호는 개의치 않고 친구들을 등에 매단 채 석천을 빠져나왔다.

얼마나 달렸을까.

석천에서 반시진가량 말없이 달리던 운호가 걸음을 멈춘 것은 제법 커다란 마을이었다.

그곳에서 그는 술과 음식을 마련한 후 운상과 운여에게 기다려 달라는 말을 남긴 채 사라졌다.

친구들은 운호에게 아무런 말도 할 수 없었다.

어느새 운호의 얼굴에는 또다시 눈물이 흐르고 있었기 때문이었다.

운호는 그녀의 시신을 메고 한 시진을 헤맨 후 사람의 발길이 닿지 않는 양지바른 언덕을 찾아내었다. 그곳에서 보자기를 내려 그녀의 몸을 정성스레 하나씩 맞춰 나갔다.

울음을 참지 않았다.

그녀가 겪어야 했던 고통을 생각하며 끝없이 눈물을 흘려냈다.

얼마나 처참하게 찢겼던지 그녀의 몸을 맞추는 데 무려 반 시진이 소모되었다.

새로 가져온 옷으로 예쁘게 갈아입히고 그녀를 가지런히 눕힌 후 자신도 그녀의 옆에 누웠다.

차갑게 식어버린 그녀의 얼굴은 그가 옆에 있는 것을 알기라도 하듯 더없이 평온했다.

"운영아, 저 하늘을 봐. 우리가 같이 보던 하늘이야. 기억 나니?"

말을 끝낸 운호가 당운영의 얼굴을 바라보았다.

하지만 그녀에게서는 아무런 대답도 흘러나오지 않았다.

"내가 죽을 뻔했을 때 나를 치료해 주고 이렇게 같이 누워 있었잖아. 정말 기억 안 나?"

운호는 다시 당운영의 얼굴을 봤다. 마치 대답을 듣기라도 하려는 듯 그는 그녀의 얼굴을 하염없이 바라봤다.

그러나 그녀의 대답이 나오지 않자 운호의 독백은 계속되었다.

"너를 볼 때마다 얼굴이 붉어졌고 너를 볼 때마다 가슴이 뛰었어. 네가 날 좋아한다고 말했을 때 얼마나 속으로 기뻐했는지 아마 넌 모를 거야. 왜냐하면 네가 좋아한 것보다 내가 널 훨씬 좋아했었으니까."

천천히 손을 올려 그녀의 뺨을 어루만졌다.

사랑이 가득 담긴 그의 손길은 눈물로 얼룩진 그녀의 눈에서 멈춘 후 더 이상 움직이지 않았다.

"그런데 왜 말하지 않았냐고? 왜긴 부끄러워서 그랬지. 내가 어렸을 때부터 혼자 자라서 숫기가 없어서 속에 있는 말을 잘 못해."

운호의 손이 천천히 그녀의 코로 내려왔다.

"바보 같다는 거 알아. 그래서 널 아프게 만들었다는 것도… 그게 얼마나 바보 같은 짓인지 나중에서야 알았지만 그때는 너무 늦었었지."

코를 간질이듯 말하던 운호의 손길이 조금 내려와 입술로 향했다.

"늦었지만 지금 말해야겠어. 지금 하지 못하면 영원히 말하지 못할 테니까."

운호는 차가워진 그녀의 입술에 깊고 깊은 입맞춤을 했다.

"운영아, 사랑한다."

그 상태 그대로 움직이지 않았다.

그의 눈에서 흘러내린 눈물이 그녀의 눈으로 들어가 두 사람이 동시에 우는 것처럼 보일 정도로 운호는 끝없이 눈물을 흘려냈다.

당운영을 붙잡고 울부짖는 그의 음성은 마치 어미 잃은 늑대의 울음소리처럼 구슬프고 가여운 것이었다.

"지켜주지 못해서 정말 미안해. 대신 너를 이렇게 만든 자들은 그냥 두지 않을 거야. 내가 죽는다 해도 반드시… 그러니 운영아, 편하게 쉬고 있어."

　운호가 돌아온 것은 거의 반나절이 지난 후였다.

　그의 등에 메였던 당운영의 시신과 잔뜩 싸들고 나섰던 음식들은 보이지 않았다.

　보나 마나 어느 곳에 그녀의 시신을 안장하며 도제를 지낸 것이 분명했다.

　운호는… 혼자만의 아픈 이별을 하고 온 모양이었다.

　"운호야……."

　"난 괜찮다."

　"정말 뭐라고 위로해야 될지 모르겠구나."

　"내가… 약속을 지키지 못했기 때문이야. 모든 것은 내 잘못이다."

　"쓸데없는 소리 하지 마. 그게 어찌 너의 잘못이란 말이냐. 미친 듯이 돌아가는 세상이 그녀를 죽였을 뿐이다."

　운호가 고개를 꺾으며 자책을 하자 그동안 차분하게 지켜보던 운여가 끝내 폭발하듯 소리를 질렀다.

　한 번도 보지 못했던 운호의 눈물.

　얼마나 서럽고 아프게 울던지 뒤돌아서서 같이 울고 말았다.

　놈에게는 말하지 않았지만 놈의 아픔은 자신의 것이었기에 소리 없는 눈물로 운호의 아픔을 같이했다.

　하지만 친구 놈의 절망은 더 이상 보고 싶지 않았다.

놈은 여전히 마검이었고 철혈의 사내로 기억되어야 하기 때문이다.

운여의 외침에 운상 역시 즉각 동조했다.

운호의 잘못이 아니었다.

전쟁에서의 삶과 죽음은 누구 한 사람의 탓으로 돌리기엔 너무 잔인한 것이었다.

두 사람이 한 목소리를 내자 운호가 고개를 들어 하늘을 한참 동안 바라보았다.

그는 푸른 하늘 속에서 누군가를 찾는 것처럼 여겨졌다.

한동안 기다려 주던 운상의 입이 다시 열린 것은 운호의 눈에서 슬그머니 다시 눈물이 고일 때였다.

"이제 어쩔 생각이냐?"

"갈 것이다."

"어딜?"

"장안."

"복수하고 싶은 거냐?"

"당연히."

"풍검문 전체와?"

"그녀를 묻으며 마지막 약속을 했다. 그러니 난 그 약속을 지켜야겠다."

북풍한설처럼 차가워진 얼굴.

바로 적들을 향해 돌진하며 무적의 신위를 구가하던 철혈의 사내, 바로 마검의 본색이 어느샌가 운호의 얼굴에 돌아와 있었다.

운호가 말을 끝내고 입을 다물자 운상과 운여의 입에서 저절로 신음이 흘러나왔다.

운호는 한 번 한다고 마음을 굳히면 무슨 일이 있어도 하는 놈이었다.

더군다나 사랑하는 사람을 잃어버린 그의 검은 적들의 피를 간절하게 원하고 있을 테니 애초부터 말린다는 것은 불가능한 일이었다.

풍검문은 장안에 도착해서 주변 세력을 병탄시킨 후 병력을 장안 외곽에 주둔시켰다.

당문과의 싸움에서 삼백에 가까운 병력을 잃었으나 대부분 낭인과 중소 문파의 무인들이었기 때문에 주력은 고스란히 살아남은 상태였다.

대도문도 황보세가를 무너뜨린 후 합류해서 장안에 모인 병력의 숫자는 거의 천오백에 달했다.

풍도제는 이 병력을 가지고 내일 아침 안강으로 출전할 예정이었다.

안강의 후면을 치게 되면 소림을 주축으로 버티던 무림맹은 결국 절대적인 피해를 입고 하남과 인접한 산양(山陽)으로 후퇴할 수밖에 없다.

구룡이 버티던 섬서가 무너진다는 것은 중원 무림의 칠 할

이 천왕성의 수중으로 넘어가는 거나 다름없는 것이었다.

대계의 일각이 완성되는 순간일 것이었고 그 대계를 자신의 손으로 직접 이룬다고 생각하니 풍도제가 느끼는 감격은 입으로 말하지 못할 정도로 컸다.

바로 내일.

천하통일전은 풍검문과 그로 인해 새로운 국면으로 접어들게 될 것이다.

컴컴한 밤.

횃불이 대낮을 방불케 하는 전막들을 바라보며 운호는 검을 앞으로 끌어당겼다.

"누차 말하지만 제일 순위는 경계병이 아니라 저 횃불을 처리하는 것이다. 화공이 성공하면 싸움이 편해지니까 잘들 해."

"셋이서 삼방 공격이라… 현명한 건지 무모한 건지 알 수가 없구나."

운호의 말에 운상이 중얼거리며 말을 받았다.

얼핏 들어보면 말도 안 되는 일이었는데 그들의 작전은 어이없게도 삼방 공격이었다.

좌측과 중앙, 그리고 우측.

중앙은 운호가 맡았고 좌측은 운상이, 우측은 운여였다.

하지만 그들의 작전은 너무 뚜렷해서 다른 방도가 떠오르지 않았다.

경계병을 제외한 나머지 병력이 모두 잠에 빠져든 시간의 기습 공격이었고, 더군다나 화공을 노렸으니 분산해서 움직이는 것만이 유일한 방안이었다.

"기습이 끝나면 중앙으로 모인다. 어차피 화공은 놈들의 전력을 줄이려는 목적일 뿐이니 너무 오래 끌 필요 없어."

"걱정하지 마라. 싸움 한두 번 해보는 것도 아닌데 웬 걱정이 그리 많아!"

"최대한 조심해야 된다. 쉽게 끝날 싸움이 아니니까 몸조심하란 말이야!"

"끝장을 볼 생각이군."

"난 오늘 풍검문을 세상에서 반드시 지울 것이다. 그러니 알아서들 해."

어둠 속에서 이를 드러낸 운호가 말을 마치고 자리에서 일어났다. 그의 눈은 새파랗게 빛나고 있었는데 기세를 풀어놓자 공간이 압축되어 모든 기운이 팽팽하게 당겨졌다.

그런 자세로 구름을 타고 수없이 펼쳐진 전막을 향해 몸을 날렸다.

그 훗날 무림 역사에 한 장을 장식했던 마검의 장안전투가 시작되는 순간이었다.

경계병이 있음에도 운호는 곧장 전막을 밝히는 횃불로 향했다.

야전에서 전막은 목숨이나 다름없기 때문에 경계병들은 전막에 불이 붙지 않도록 횃불에 바짝 붙어서 경계를 섰으나 운호의 공격에 수초처럼 흔들리다가 쓰러져 갔다.

풍검문이 병력을 집결시켜 놓았던 판홍벌에 불길이 일어나기 시작한 것은 눈 깜짝할 사이에 벌어진 일이었다.

나름대로 간격을 벌려놓았으나 전막에 불길이 붙자 성난 화마가 바람을 타고 움직이며 불길은 자연스레 다른 전막들로 옮겨갔다.

화재가 일어나자 잠에서 깬 풍검문 무인들이 불길을 잡기 위해 미친 듯 뛰어다녔지만 그들의 등 뒤에는 이미 지옥의 사신들이 따라붙고 있었다.

미리 대비하고 상대해도 대적할 수 없는 자들의 기습 공격은 그들을 속절없이 죽음 속으로 몰아넣었다.

와아… 와아!

애꿎은 함성이 난무했고 여기저기 몰려다니는 병력들은 적을 찾지 못한 채 어지러운 발걸음만 재촉할 뿐이었다.

운호는 유운신법을 펼쳐 불이 붙은 전막 사이를 귀신같이 움직이며 적들을 주살했다.

전막에서 뛰쳐나오는 적들은 끝이 없었고 죽여야 할 자들은 지천에 깔려 있었다.

내력을 아끼지 않았다.

내공이 오기조원의 경지에 이르면서 기혈이 엉키지 않는

한 소모와 생성이 하나로 이루어졌고 신체는 극도의 균형 속에서 조화로이 움직였다.

하늘 높이 치솟은 불길은 운호가 펼친 검기의 물결을 자연스럽게 숨겨주어 누가 공격을 하는지 알 수 없게 만들었다.

탄강.

운호가 전막 사이를 누비며 펼친 것은 회풍의 산자결이었다.

한꺼번에 다수의 적을 상대하기 위해 만들어진 산자결은 탄강이 근본인 초식이다.

운호가 빠져나간 곳은 시신으로 켜켜이 쌓여갔다.

공격해 온 자들을 확인하지 못하고 미처 대적의 의지조차 갖지 못했던 풍검문 무인들은 운호가 펼친 탄강에 짚단처럼 쓰러지고 있었다.

하지만 시간이 흐르자 삼삼오오 모여서 허둥대며 전열을 갖추던 무인들이 집단으로 움직이기 시작했다.

철혈의 검귀들로 구성된 풍검문은 신주십강에 들 정도로 막강한 전력을 구축했는데, 그 이면에 정립된 군기와 확고한 명령 체계가 있었기 때문이었다.

화마가 휩쓸고 정체 모를 적들에 의해 동료들이 죽어 나자빠지는 상황임에도 늦게나마 진형을 구축할 수 있었던 것은 그들의 체계가 그만큼 잘 정비되어 있다는 것을 의미했다.

그러나 그들이 전열을 구축하고 적을 확인했을 때는 이미 거의 한 시진이나 지난 후였다.

그 한 시진 동안 판홍벌은 이미 지옥으로 변해 있었다.

단 셋에 의해 거의 삼백이 죽어 나자빠진 판홍벌은 전막의 불길에 의해 시신이 타면서 역겨운 냄새를 연신 뿜어내는 중이었다.

각 부대의 수장들에 의해 혼란을 멈추고 적을 확인한 풍검문의 무인들은 솟구치는 분노로 몸을 덜덜 떨어댔다.

확인된 적이 단 세 명에 불과했기 때문이었다.

화공을 틈타 상당수의 병력을 줄여 버린 운호 일행은 판홍벌의 벌판 중앙으로 모여들었다.

주변에는 수많은 적들이 진형을 갖춘 채 그들을 압박하고 있었으나 운호뿐만 아니라 운상과 운여조차도 눈 하나 깜박하지 않았다.

아무리 많은 병력이 있어도 소용이 없다.

절대의 반열에 들어서기 전이었다면 병력의 숫자에 상당한 영향을 받았겠지만 이제는 그렇지가 않았다.

그럼에도 운호는 운상과 운여가 자신 쪽으로 다가오자 그들을 양옆에 매달고 적진을 관통하기 시작했다.

풍검문은 신주십강에 포함되는 강자 중의 강자였다.

일반 병력이라면 몰라도 문주인 풍도제를 비롯해서 초절정의 무인들이 포위 공격을 한다면 득보다 실이 훨씬 많기 때문이다.

동쪽으로 방향을 잡은 운호가 흑룡검을 앞세우고 적진을

헤집었다.

막아온 적은 단 하나도 살려두지 않았는데, 그렇게 많은 살상을 하면서도 그의 표정은 조금도 변하지 않았다.

북풍한설.

서리가 내려앉은 것 같은 냉막함 속에서 그의 검은 혈류를 뿌려대며 천지사방을 휩쓸었다.

그의 검은 각 부대의 수장들을 노렸다.

병력의 중심에서 지휘를 하는 자들을 향해 날아가며 일격에 목숨을 거둬 나갔다.

수장을 잃은 병력은 날개 꺾인 기러기보다 못한 존재가 된다는 것을 너무나 잘 알기 때문이었다.

마치 폭풍이 몰아치듯 운호의 신형은 질풍처럼 움직였다.

그가 가는 곳은 마치 바다가 갈라지듯 풍검문 무인들이 한꺼번에 대여섯 명씩 바닥에 나뒹굴었다.

운호의 막강한 위력을 보완하는 운상과 운여의 공격이 있었기 때문이었다.

삼각 형태로 진형을 구축한 그들은 유운신법을 펼치며 동시에 풍검문 무인들 사이를 질주했는데, 그들의 기세가 얼마나 강력했던지 전막을 태우던 불길마저 뒤로 누워 그들이 지나가도록 길을 비켜줄 정도였다.

또다시 반시진이 지나자 이백여 명의 병력이 바닥에 쓰러졌다.

단순한 병력의 손실만 있었던 게 아니다.

부대를 이끄는 단위부대장만 해도 거의 이십여 명이 주살 되었기 때문에 상당수의 병력은 우왕좌왕하며 어찌할 바를 모르고 있었다.

누가 누구를 포위한 건지 모호한 상황이 되어버렸다.

무시무시한 무력으로 수없이 많은 무인을 죽여 버리는 운호 일행은 풍검문 무인들의 눈에는 악마로 비춰졌기 때문에 그들은 두려움으로 검조차 제대로 휘두르지 못했다.

운호 일행의 걸음이 멈춰진 것은 전면에서 지금까지 상대 했던 자들과는 비교조차 할 수 없을 정도로 막강한 경기를 내 뿜으며 열세 명의 무인들이 떨어져 내렸기 때문이었다.

그렇다고 해서 그들이 온전하게 내려선 것은 아니었다.

운호의 공격에 의해 타격을 입은 그들은 휘청이며 다섯 걸 음씩 물러선 후 겨우 균형을 잡았는데, 그럼에도 완벽한 방위 를 점한 채 운호를 노려보고 있었다.

나타난 자들은 풍검문의 특수 타격대 풍검십삼풍이었다.

풍도제가 직접 길렀다는 비밀 병기로, 그들이 바로 풍검문 의 암천이었다.

문제는 그들에 이어 왼쪽에 일곱 명의 적포 검객들이 칠성 을 점하며 나타났고 오른쪽에는 다섯 명의 흑의 전포를 입은 도객들이 포위를 해왔다는 것이다.

그들은 풍검문이 자랑하는 풍검칠극과 풍검오천이라는 자

들로 모두 초절정의 고수들이었다.

풍검십삼풍의 선두에 선 석천의 얼굴은 일그러질 대로 일그러져 있었고 분노로 인해 얼굴이 허옇게 변해 있었다.

불과 두 시진도 안 되서 풍검문 전력의 오 할이 소멸되었으니 기가 막혀 말도 안 나올 지경이었다.

문주이자 아버지인 풍도제가 대도문주를 만나기 위해 잠시 자리를 비운 사이에 일어난 일이었기에 더욱 미칠 것만 같았다.

풍도제는 자리를 비우며 그에게 내일 있을 공격에 차질이 없도록 병력 관리에 만전을 기하라는 부탁을 했었는데 이런 일이 벌어졌으니 아버지를 어찌 볼 수 있단 말인가.

공격해 온 자의 정체가 마검이란 것을 알게 된 건 불과 이각 전이었다.

워낙 전막을 태우는 화마가 강했고 병력들이 우왕좌왕 정신없이 움직였기 때문에 처음에는 적들이 공격해 온 줄도 몰랐다.

그러다가 눈에 보이지 않을 정도의 속도로 누군가가 움직이며 수하들을 쓰러뜨리고 있다는 것을 알게 되었다.

부대장들을 소집하고 긴급명령을 내려 적들을 압박하도록 했으나 이미 때는 늦어 거의 삼백에 달하는 병력을 잃고 난 후였다.

더욱 환장한 것은 적들의 두 번째 움직임 때문이었다.

마치 철저하게 계획된 것처럼 놈들은 무서운 속도로 움직여 단위부대장들과 선봉들을 때려 부쉈다.

막고자 노력했으나 막을 수가 없었다.

얼마나 빠르게 움직이는지 겨우 따라잡았다고 생각하면 방향을 돌려 다른 쪽으로 빠져나갔기 때문에 반시진이 지난 후에야 겨우 차단을 할 수 있었다.

한숨이 저절로 흘러나왔다.

너무 늦었지만 이제라도 포위를 했으니 놈들을 잡을 수 있을 거란 판단이 들었다.

놈들이 거의 오백에 달하는 병력을 죽였지만 그들 중 삼백은 낭인들과 중소 문파의 무인들이었고 실질적으로 풍검문의 피해는 이백에 불과했다.

그것도 정예들은 그가 관장하면서 전투에 참여시키지 않았기 때문에 각 당의 당주들과 주력 무인들은 고스란히 남아 있는 상태였다.

이제 놈들의 발을 묶어놓은 이상 죽일 일만 남았다.

운호를 바라보는 석천의 눈은 광기에 젖어 번들거렸는데, 거의 이성을 잃은 것 같았다.

공격해 온 자가 그토록 저주하던 마검이란 걸 알고 난 후부터 그는 독사 같던 심계마저 잊어버린 채 오직 분노에 젖어 있었다.

"마검… 이 개 같은 놈. 죽여주마."

"너 같은 자에게 죽을 마검이 아니다."

"비겁한 놈. 기습으로 이득을 본 주제에 건방을 떨다니 가소롭기 그지없다. 내 기필코 네 목을 베고 육신을 갈기갈기 찢어 그년 옆에 뿌리고야 말 테다."

"······."

"왜 말이 없나. 그년이 죽은 걸 모르는 건 아니겠지?"

"으······."

"표정을 보니 알고 있는 것 같군. 어때, 직접 보니까 반갑지 않았어?"

"네가 한 짓이었느냐!"

"당연한 걸 묻는군. 내가 목을 베었다. 그런 후 사지를 하나씩 잘랐지. 그런 부도덕한 년에게는 과분한 죽음이었지만 그 정도로 봐줬다. 생각 같아서는 개의 먹이로 주고 싶었으나 바빠서 그렇게는 하지 못했어."

"큭··· 끄윽··· 이유가 무엇이었느냐?"

"말했잖아, 지아비를 속인 갈보 년이라고. 그년은 지아비를 속이고 언제나 너를 생각하면서 더러운 짓을 일삼았다. 그러니 너도 똑같이 찢어서 그년 옆에 널어주마. 같이 저세상에 가서 실컷 놀아보거라."

"으··· 헉, 헉!"

석천의 독설에 운호의 입에서 길고 긴 신음 소리가 흘러나왔다.

그러더니 호흡이 거칠어지면서 점점 눈의 혈관이 시뻘겋게 변하기 시작했다.

운상과 운여가 놀라서 급히 나서려 했을 때 운호는 이미 이성을 잃은 채 석천을 향해 날아가고 있었다.

풍도제는 대도문주와의 협의를 끝내고 돌아오다가 화광을 보면서 전력을 다해 신법을 펼쳤다.

내일 있을 공격 회의를 위해 대도문이 있는 산야에 간 것은 세 시진 전이었다.

당문과 황보세가를 격파하고 장안을 함락했다는 기쁨을 나누면서 그는 오랜만에 대도문주와 술잔을 기울였다.

대도문주 사공후는 젊었을 적 함께 동문수학하면서 막역한 친분을 쌓았던 사람이었기에 전략 회의를 마친 후 과거의 추억을 회상하는 술자리를 가졌는데 어여쁜 가기까지 준비해서 주흥을 돋우는 바람에 시간 가는 줄을 몰랐다.

참으로 즐거운 자리였다.

무인으로 태어나 천하를 바라보며 웅지를 불태우는 것도 행복한 일이었으나 친우와 함께 아리따운 가기를 품고 술 마시는 것도 그에 못지않게 즐거운 일이었다.

오랜 시간이 지나고 늦은 밤이 되어서야 자리에서 일어났다.

주독을 풀어내지 않았기 때문에 얼근하게 취한 상태로 자신의 진지를 향해 느긋하게 돌아왔는데, 천천히 걸으며 정취에 젖어 달빛에 물든 능선을 넘었다.

대도문이 진지를 편 산야와 풍검문이 진형을 펼친 판홍벌은 불과 십여 리가 떨어졌을 뿐이다.

신법을 펼친다면 이각이면 도달할 수 있는 거리였지만 풍도제는 월하풍경에 젖어 거의 반시진이 걸릴 만큼 친위 부대인 십팔신풍을 대동한 채 천천히 움직였다.

그것이 그에게는 천추의 한이 되고 말았다.

화광을 발견하고 너무 놀라 전력으로 신법을 펼쳐 판홍벌로 들어선 그는 너무 기가 막혀 한동안 움직일 수 없었다.

지옥.

세상에 어찌 이런 일이 생길 수 있단 말인가.

그가 자리를 비운 것은 세 시진에 불과했는데 판홍벌은 이미 지옥으로 변해 오백에 달하는 풍검문 무인들이 싸늘한 시신으로 변해 있었다.

정신을 차리고 눈을 들자 오십 장 앞에서 이백여 명의 병력이 누군가를 포위하고 있는 것이 보였다.

냉정을 되찾은 풍도제가 남아 있는 병력을 확인하고 천천히 한숨을 내리쉬었다.

신풍전과 천풍당을 비롯해서 꽤 많은 수의 진력들이 살아남았는데, 그들의 수장들이자 자신의 수족들인 전주들과 당주들이 검을 굳게 잡은 채 서 있는 것이 보였다.

불행 중의 다행이다.

수많은 병력이 죽어 나자빠졌으나 진력이 살아 있다면 언제든 회복할 방도를 마련할 수 있다는 희망이 솟구쳤다.

급하게 병력이 있는 곳을 향해 날아갈 때 포위망에 갇혀 있던 자 중 하나가 누군가를 향해 돌진하는 것이 보였다.

그냥 돌진이 아니라 폭풍 같은 질주였고 치켜든 검에서는 칠 척에 달하는 핏빛 검기가 하늘을 수놓으며 폭발하듯 날아가고 있었다.

어허… 어허.

도대체 누가 저런 신위를 나타낼 수 있단 말인가!

저 정도의 탄강이라면 자신조차 정면으로 받아낼 엄두가 생기지 않을 만큼 엄청난 위력을 지닌 것이었다.

급하게 움직이던 신형이 자신도 모르게 멈춰 선 후 반대쪽을 바라보았다.

"안 돼!"

비명과 같은 고함 소리가 풍도제의 입에서 터져 나왔다.

천지를 완벽하게 장악하고 모든 것을 소멸시켜 버릴 것처럼 뻗어나간 핏빛 검기의 끝에 자신의 아들 석천이 검을 든 채 이를 악물고 서 있는 것이 보였기 때문이었다.

운호의 흑룡검에서 뿜어져 나온 것은 회풍의 최후 초식, 멸(滅)이었다.

더군다나 분노로 인해 내력을 전부 끌어올려 펼쳤기 때문에 붉은 빛 검기의 물결, 탄강은 공간을 완벽하게 찢어버린 후 석천을 향해 뿜어져 나갔다.

뒤늦게 석천이 검을 들고 반격을 시도한 것은 죽음을 앞당기는 짓에 불과했다.

차라리 도주라도 했다면 팔다리를 잃을지언정 목숨을 살릴 수 있었을 테지만 그는 그렇게 하지 않았고 풍검십삼풍을 대동한 채 전력으로 부딪쳐 왔다.

풍도제가 심혈을 기울여 키운 풍검십삼풍이 모두 합치면 백대고수 세 명 정도는 충분히 상대할 수 있다는 자신감이 석천으로 하여금 그런 판단을 내리게 만든 모양이었다.

콰르릉… 쾅… 쾅… 쾅!

워낙 순식간에 벌어진 일이었기에 미처 운상과 운여는 가담조차 하지 못했으나 단 일 초의 공방에 풍검십삼풍 중 절반이 넘는 여덟이 삼 장 너머까지 튕겨 나가 꿈틀거리다가 고개를 땅에 쑤셔 박았고 나머지 역시 정신없이 비틀거린 후에 간신히 자리를 잡았다.

그러나 그들의 몰골은 엉망이었다.

운호의 공격이 집중되었던 석천은 왼팔과 오른 다리가 잘려 바닥에 무릎을 꿇은 채 일어서지 못했고 남은 자들 역시 모두 치명적인 부상을 입은 상태였다.

단 일격에 풍도문의 암천을 박살낸 운호의 눈은 여전히 핏빛 광기로 물들어 있었는데, 석천을 바라보는 시선은 시퍼렇게 빛나고 있었다.

뚜벅뚜벅.

운호는 천천히 석천을 향해 걸어갔다.

좌우에서 석천을 구하기 위해 풍검칠극과 풍검오천이 움찔하며 병기를 앞으로 내밀었으나 그들의 전면은 운상과 운여에게 가로막혔다.

석천의 앞에 선 운호는 흑룡검을 든 채 아무 말 없이 노려보다가 불쑥 입을 열었다.

"다시 말해봐. 운영이가 어쨌다고?"

"그년은… 악!"

시퍼렇게 빛나는 운호의 눈에 맞서서 고통스러운 얼굴로 이죽이던 석천의 입에서 비명 소리가 흘러나왔다.

어느새 운호의 검이 그의 남아 있던 오른팔을 잘랐기 때문이었다.

운호는 퍼덕거리는 팔을 발로 차서 풍검문 무인들 쪽으로 날려 보낸 후 입술 끝을 끌어올렸다.

풍검문 무인들은 아무도 움직이지 못했다.

풍검십삼풍이 얼마나 강한 무인들인지 누구보다 잘 아는 그들은 운호의 경이적인 무력에 두려움을 느낄 수밖에 없었다.

단 일격에 여덟이 죽고 다섯은 전투 불능의 부상을 입은 채 비틀거리고 있었으니 그들에게 운호는 지옥에서 온 염왕으로 보일 지경이었다.

석천의 비명 소리가 끊어질 듯 이어지면서 흘러나왔으나 운호는 그 비명을 듣지 못한 사람처럼 보였다.

"다시 말해봐. 우리 운영이가 무슨 잘못을 했느냐!"

"흐으… 흐으… 그년은… 더러운… 크윽!"

다시 한 번 비명 소리가 울리며 석천의 남아 있던 왼 다리가 끊겨져서 날아갔다.

운호는 즉시 죽이고 싶지 않았던지 잘라진 부위의 주혈을 제압해서 피를 멈추게 만들었는데 석천에게 반드시 들어야 할 말이 있는 것 같았다.

"팔다리가 끊어지는 것 정도 가지고는 안 되겠지. 그 정도는 운영이도 당한 거니까 충분히 버틸 수 있을 거다. 하지만 이제부터 네 살을 조금씩 저며서 포를 떠주마. 얼마나 견디는지 두고 보겠다……."

운호가 말을 하다가 흑룡검을 치켜들어 비화를 펼치며 뒤로 날아갔다.

콰앙!

측면에서 날아온 도기의 물결은 마치 거대한 파도를 연상시키며 순식간에 운호의 몸을 덮쳤다.

하늘에서 불시에 떨어진 백색의 거대한 도기는 막강한 위력을 담고 있어 운호는 다행히 부상은 면했지만 다섯 발자국이나 뒤로 물러날 수밖에 없었다.

뒤로 물러난 운호의 전면에 나타난 것은 풍도제였다.

그는 팔다리가 모두 잘린 석천의 모습을 보며 이를 악물었는데, 몸은 부들부들 떨리고 있었다.

그 짧은 순간 놈은 하나밖에 없는 아들을 난자해 버렸다.

최선을 다해 날아왔으나 막을 수가 없었다. 워낙 순식간에 벌어진 일이었기에 막기에는 시간이 너무 부족했다.

그의 얼굴은 날아오면서 창백하게 변해 있었다. 아들이 당하는 장면을 모두 지켜보면서도 막지 못했다는 자책감에 가슴이 찢어질 것처럼 아파왔다.

죽인다. 반드시 죽인다.

내 아들이 당한 것만큼 똑같이 만들어줄 거라 다짐했다.

"너는… 누구냐?"

"마검!"

"으… 네가 마검이라고!"

막상 정체를 알게 되자 정신이 번쩍 들었다.

아들의 상태 때문에 제대로 된 판단을 내리지 못했었는데 적으로부터 직접 정체를 듣게 되자 긴장감이 확 하고 올라왔다.

그때서야 풍검문이 이토록 정신없이 얻어맞은 게 이해가 갔다. 놈이 마검이라면 뒤에 서 있는 놈들은 팔비검과 무풍검임이 분명했다.

천왕삼공과 천왕십수 중 다섯이 전곡전투에서 놈들에게 죽임을 당했다.

특히 일공은 천왕오강의 일인으로 천왕성에서 세 번째로

강한 무인이었고 자신보다 한 단계 뛰어난 무력을 지닌 절대 강자였다.

그뿐만 아니라 나머지 이공과 삼공을 봐도 운호가 얼마나 뛰어난 자인지 알 수 있었다. 이공과 삼공은 자신과 비슷한 무력을 지녔고 천왕십수는 셋만 뭉치면 절대고수를 상대할 수 있을 만큼 강한 자들이었다.

그런 무인들을 도륙한 것이 바로 눈앞에 있는 마검 일행이었다.

자신이 없는 상태에서 이런 자들의 기습 공격을 받았으니 오히려 이 정도의 손실로 그친 것이 다행이라고 봐야 했다.

아직 자신에게는 풍도문의 정예 이백 명이 생생히 살아 있었고 전주들과 당주들을 비롯해서 주력 무인들도 꽤 남아 있었다.

워낙 믿지 못할 정도의 신위를 나타낸 놈들의 무력에 두려움을 느끼던 풍검문의 무인들은 풍도제가 전면에 나타나 마검을 가로막자 서서히 분노가 끓어오르고 있는 중이었다.

동료를 잃은 슬픔, 기습을 받아 제대로 싸워보지 못하고 당했다는 억울함, 눈앞에서 자신의 상관이 신체를 난자당했는데도 결연히 맞서지 못했다는 부끄러움이 합쳐지면서 그들은 금방이라도 공격을 재개할 것처럼 이를 악물었다.

풍도제는 냉막한 표정으로 서 있는 운호를 바라본 후 천천히 자신의 칼을 빼 들었다.

마검의 신화는 귀가 따갑게 들었으나 천왕삼공이 당했다는 소리를 듣기 전까지는 강호의 헛된 소문에 불과하다고 치부했었다.

자신은 무림에서 가장 강하다고 알려진 무천십제 중의 일인이었으니 신진 무인의 출현에 강호인들이 열광하는 걸 보면서 그저 웃었을 뿐이었다.

그런데 막상 마검과 마주하자 슬금슬금 육신이 떨려왔다.

두려움 때문에 생긴 현상이 아니라 상대가 보내온 기세에 충격을 받았기 때문이었다.

붉게 충혈된 마검의 눈은 광기에 젖어 있었는데, 뭔가에 충격을 받았는지 살기가 뭉텅거리며 새어 나오고 있었다.

절대의 반열에 들어선 지 얼마인데 적이 보내온 기파로 인해 몸에서 오한이 생긴단 말인가.

정말 불가사의한 일이었다. 그럼에도 진다는 생각은 하지 않았다.

전곡전투에서 천왕삼공과 천왕십수를 잡았지만 놈들도 치명적인 부상을 입은 채 도주했다고 알려져 있었다. 자신과 풍검문 주력이 모두 나선다면 엄청난 피해를 입겠지만 놈들을 잡는 건 일도 아니었다.

천왕삼공은 정면 승부를 봤기 때문에 당한 것이 분명했다.

병력을 이용한 승부를 한다면 놈들은 상처 입은 이리처럼 날뛰다가 결국은 쓰러지게 된다.

그것이 병력과 개인의 싸움이다.

아무리 강한 무인이라도 병력을 전면에 내세우고 고수들이 뒤에서 공격을 하게 되면 서서히 체력이 고갈되면서 난자되어 죽음을 맞게 된다.

세상을 살다 보면 인연도 있고 악연도 있다던데 풍검문과 마검은 지독한 악연이 이어진 모양이었다.

며느리의 연인이 마검이라는 사실은 정략결혼을 할 때부터 알고 있었던 내용이었지만 그것이 이토록 무서운 결과를 가져올 줄은 꿈에도 생각하지 못했다.

마검이 풍검문을 찾아와 지옥을 만들고 있는 것은 분명 아들의 손에 의해 당운영이 목숨을 잃었기 때문일 것이다.

그것은 마검의 눈을 보면 알 수 있었다.

광기에 젖은 눈, 그리고 그 속에 들어 있는 지독한 슬픔과 분노는 당운영의 죽음으로 인한 것임이 분명했다.

그러나 분노는 자신의 것도 마검에 비해 모자라지 않았다.

사랑하는 아들이 팔다리가 끊긴 채 핏물 속에 누워 있고 수많은 수하들이 차디찬 땅바닥에 쓰러져 구천을 헤매고 있으니 뼈에 사무친 원한의 양은 자신이 훨씬 크다.

풍도제의 입이 열린 것은 운호가 더 이상 기다리지 않겠다는 듯 자신의 검을 슬쩍 흔들었을 때였다.

"마검, 내가 없는 동안 미친 짓을 해놨구나. 하지만 이제 죽여주마!"

"크크크. 오라, 풍도제! 아들을 잘못 키운 죄, 당신의 죽음으로 그 죄를 묻겠다."

전투가 재개된 것은 풍도제가 뒤쪽으로 물러서며 삼 초를 펼쳐 운호의 전권에서 벗어나면서부터였다.

철저한 기습 전략.

일공을 꺾은 마검과 정면 승부를 하지 않겠다는 그의 판단은 그동안 일방적으로 적들을 주살하며 질주했던 운호를 괴롭히기 시작했다.

무천십제에 포함된 절대고수가 병력들의 틈에 끼어 기습을 해온다면 그 위력은 어느 정도가 될까.

더군다나 남은 병력은 풍검문의 최정예들이었고 그들을 이끄는 전주들과 당주들은 초절정무인이었으니 싸움의 양상은 지금까지와는 다르게 팽팽하게 펼쳐졌다.

소모전을 원하는 풍도제의 의도는 싸움이 진행되면서 먹혀드는 것처럼 보였다.

운호는 풍도제의 기습 때문에 제대로 된 공격을 펼치지 못해 풍검문 무인들이 움직일 수 있는 공간을 허락하고 말았다.

단숨에 숨통을 끊지 못한다는 것은 반격이 있다는 것을 의미하는 것이었고 그만큼 싸움이 어려워진다는 것을 나타내는 것이었다.

하지만 운호에게는 운상과 운여가 있었다.

운호가 풍도제와 풍검문의 주력 무인들에게 막혀 제대로

적진을 뚫어내지 못하자 운상과 운여는 양쪽 진형을 헤집으며 양 떼 속의 호랑이처럼 적들을 주살했다.

가히 무풍지대를 휩쓰는 맹호의 기세였다.

시간이 지날수록 병력의 손실이 커지자 풍도제는 어쩔 수 없이 운호에게 집중되었던 주력 무인들 중 일부를 운상과 운여 쪽으로 돌릴 수밖에 없었다.

반시진 만에 칠십여 명이 쓰러졌기 때문에 운호 일행을 압박하는 포위망은 점점 엷어지는 중이었다.

풍검칠극과 두 명의 당주가 각각 나뉘어 운상과 운여를 공격하기 위해 전열에서 이탈하자 이번에는 운호의 검이 불을 뿜기 시작했다.

그동안 풍도제의 기습 공격에 신경을 곤두세우던 운호는 무슨 생각을 했던지 반대 방향으로 몸을 틀어 질주하기 시작했다.

풍도제가 놀란 눈으로 급히 운호를 따라붙었으나 이미 가속된 유운신법은 질풍처럼 움직이며 후방의 적들을 쓸어버렸다.

운호는 철저하게 풍도제를 피했다.

그동안 풍도제는 병력의 후방에서 틈을 노리는 전략을 펼쳤었기 때문에 운호가 자신의 위치를 파악하고 반대편으로 움직이며 공격하자 속수무책이 될 수밖에 없었다.

얼마의 시간이 또다시 흐른 후 풍검문의 병력은 순식간에 오십으로 줄어들었다.

막고자 해서 막아지는 공격이 아니었다.

정면공격을 피하고 기습을 노린 순간부터 어쩌면 이런 결과는 필연적이었는지도 모른다.

풍도제가 원한 대로 되기 위해서는 차단한 병력이 운호의 일격을 받아낼 수 있는 능력이 있어야 효과를 발휘했을 텐데 풍검문의 무인들은 운호가 펼친 회풍의 탄강들을 받아내지 못하고 허탈하게 포위망을 허물어뜨렸다.

정면 대결을 피하고 기습을 노린 것은 풍도제가 먼저였으나 그것을 역이용해서 결정적인 피해를 입힌 것은 운호였다.

뒤에서 머물던 풍도제가 어쩔 수 없이 전면으로 나선 것은 신풍전주 화마성의 몸이 운호가 펼친 강기에 의해 두 쪽으로 분리되었을 때였다.

이제 남은 병력은 사십.

기습 작전은 실패로 끝났고 오직 마지막 정면 승부만 남았을 뿐이다.

풍도제는 운호의 앞으로 나서며 눈을 지그시 감았다가 떴다.

자신과 이백의 병력이면 충분히 잡을 수 있을 거라 생각했는데 결과는 전혀 딴판으로 나타났다.

운호의 무력은 정말 두려울 정도로 강했다.

기습 공격을 하면서 수없이 많은 기회가 있었으나 끝내 운호의 목을 치지 못했다.

놈은 퍼렇게 빛나는 눈으로 끊임없이 관조하면서 자신의

공격을 지켜내며 보란 듯이 수하들을 죽였다.

마검의 몸은 자신의 칼과 수하들의 공격으로 인해 걸레처럼 변해 있었으나 치명적인 부상은 철저하게 막아 전투력의 손실이 거의 없어 보였다.

어처구니없는 사실에 기가 막혀 말이 나오지 않았다.

세상에 누가 있어 신주십강의 하나인 풍검문을 이 지경으로 만들 수 있단 말인가.

이런 결과를 만들어낸 것은 마검이었으나 저쪽에서 연신 수하들을 베어 넘기는 놈들도 커다란 역할을 했다.

팔비검과 무풍검의 무력 또한 상상 이상이었다.

무엇이 잘못된 건지 알 수 없으나 놈들의 무력은 소문과 판이하게 달랐고 자신의 추측을 훨씬 뛰어넘을 정도로 무서웠다.

이제 다른 어떤 선택도 할 수 없었다.

마지막 승부는 자신과 마검에 의해 결정되어질 것이다.

이긴다는 생각은 처음부터 버렸다.

육십 평생을 살아오면서 싸움을 앞에 두고 진다는 생각을 가져본 적은 이번이 처음이었다.

마검이 자신이 공격할 때마다 보여준 검에는 미증유의 거력이 담겨 있어 기습을 했음에도 오히려 자신이 튕겨 나갈 정도의 위력을 가지고 있었다.

부딪칠 때마다 가슴이 철렁였고 정면 대결이었다면 벌써 치명상을 입었을 정도로 강력한 검이었다.

하지만 풍도제는 결연한 표정으로 칼을 치켜들었다.

무인은 언제나 멋있게 죽어가는 꿈을 꾼다.

전혀 예상치 못했었지만 이 자리가 자신이 무인으로서의 생명을 버릴 곳이라면 한 치의 두려움도 가지면 안 되기 때문이었다.

풍도제가 칼을 치켜들자 뒤쪽에 있는 풍검오천과 세 명의 당주들, 그리고 나머지 향주급 무인들이 동시에 공격 준비를 하고 반원을 그렸다.

힘들고 길었던 밤의 끝에 여명이 피어나고 있었다.

그들 모두의 육신은 전신에서 흘러나오는 피로 인해 붉게 물들어 여명이 비추자 번들번들 윤이 났다.

풍도제를 비롯해서 스물에 달하는 무인들이 동시에 운호를 향해 몸을 솟구쳤다.

남아 있는 풍검문의 모든 무력의 합이 운호만을 노리며 단일격의 승부를 펼쳤던 것이다.

공간이 압축되었고 무인들이 펼쳐 낸 강기가 난무하며 마치 하나의 거대한 구가 운호를 향해 날아가는 것처럼 보였다.

풍도제는 자신의 최후 절초 망혼을 펼쳐 내며 어쩌면 마검을 죽일수 있을지도 모른다고 생각했다.

망혼.

말 그대로 적의 혼을 뺏어버리는 강기의 정화였다.

이것으로 십오 년 전 창무제를 죽이고 십제의 반열에 올랐으니 가히 무적의 절초라 부를 만했다.

더군다나 스물에 달하는 초절정고수들이 합공에 참여했기 때문에 성공 가능성은 어느 때보다 커 보였다.

그러나 운호의 검이 하늘로 올라갔다가 내려오면서 공간이 갈라지는 것을 보며 자신도 모르게 질끈 눈을 감고 말았다.

공간을 잘라 버렸다.

허상이 아니라 공간 자체를 잘라 버린 운호의 검은 풍도제가 펼친 망혼뿐만 아니라 스무 명이 펼친 합공마저 완벽하게 소멸시킨 채 눈부시게 아름다운 빛을 뿜어냈다.

5장

점창, 출전(出戰)

　풍검문의 전멸이 세상에 알려진 것은 그들과 함께 장안을 함락시켰던 대도문의 무인들로 인해서였다.

　안강(安康)을 공략하기 위해 판흥벌로 이동해 온 대도문은 벌판을 가득 채운 풍검문 무인들의 시신을 확인한 후 마치 지옥에 들어온 것처럼 움직임을 멈추고 말았다.

　경악!

　어제까지만 해도 막강한 전력을 자랑하며 내일 있을 전투에 투지를 불태우던 풍검문은 생존자 하나 없이 완벽하게 세상에서 지워져 있었다.

　불과 하루 만에 소멸되어 버린 신주십강, 풍검문.

도대체 이곳 판홍벌에서 무슨 일이 벌어졌단 말인가.

대도문주 사공후는 판홍벌을 뒤져 나가다가 중앙에 쓰러져 있는 풍도제를 확인하고 너무 놀라 자신도 모르게 주춤거리며 뒤로 물러났다.

시신들 사이에 있을지 모른다는 예상은 했지만 막상 풍도제를 발견하자 그의 몸은 부들부들 떨렸다.

풍도제의 시신은 형체를 알아보기 힘들었는데, 주변에 있는 자들도 마치 태풍에 휩쓸린 낙엽처럼 철저하게 찢겨져 누가 누군지 구별할 수가 없었다.

그럼에도 풍도제의 시신을 알아볼 수 있었던 것은 어제 자신과 술잔을 기울이면서 자랑했던 왼손 검지의 녹옥 반지와 시신을 감싸고 있는 금색 전포 때문이었다.

어떤 무공에 당하면 이런 결과가 일어날 수 있는 것일까.

풍도제는 같은 천왕이십오성에 포함된 무인이었지만 자신보다 무도에 대한 득의가 뛰어나 칠성에 이름을 올린 사람이었다.

그런 사람이 이렇게 처참한 시신으로 변했으니 진정 믿을 수가 없었다.

더군다나 시신들의 상태로 봤을 때 풍도제는 누군가를 수하들과 합공한 것으로 보였다.

그런 데도 이런 상황이 되었다는 것은 풍도제와 이십 명의 합공을 꺾어버릴 만큼 절대의 무력이 판홍벌을 휩쓸었고 그들로 인해 풍검문이 박살 났다는 걸 알려주는 것이었다.

두려움에 두 눈을 사방으로 돌렸다.

전멸당한 풍검문 무인들의 상태로 봤을 때 세력에 의한 죽음이 아니라 압도적으로 막강한 무력을 지닌 소수의 적들에 의해 전멸당한 것이 분명했다.

불과 하룻밤 사이에 말이다.

한동안 시신들을 살피던 대도문주 사공후는 천천히 몸을 일으킨 후 병력을 정렬시켰다.

마음 같아서는 시신들을 수습하고 싶었으나 그러기에는 시간이 너무 없었고 만일의 사태에도 대비할 필요성이 있었다.

적이 아직 이곳에서 멀리 떨어져 있지 않다면 득보다 실이 훨씬 많을 거란 판단이 들었다.

더군다나 안강 공격은 오시로 잡혀 있었기 때문에 전력으로 움직여야만 제때 도착할 수 있어 최대한 서둘러야 했다.

그 역시 철혈의 사내였다.

풍검문이 전멸했다는 사실이 충격적이었으나 그는 놀라움과 두려움 때문에 자신이 해야 할 일을 간과하지는 않았다.

풍검문이 전멸한 이상 대도문 단독으로라도 공격을 결행해야 무림맹을 무너뜨릴 수 있다는 걸 너무나 잘 알기에 사공후는 대도문을 이끌고 미련 없이 판홍벌을 떠났다.

풍검문의 전멸이 세상에 공공연히 드러난 것은 대도문의 후방 공격에 의해 소림과 곤륜, 종남 연합이 맡고 있던 안강 방어선이 무너진 후였다.

팽팽하게 맞섰던 전선은 대도문의 병력이 곤륜의 후미를 강타하면서 균형이 깨졌는데, 무림맹 측은 미련 없이 섬서 방어선을 버리고 하남으로 후퇴했다.

어차피 중앙 방어선이 무너진 이상 미련을 버리고 이선으로 후퇴해서 재정돈을 하겠다는 전략이었다.

풍검문의 전멸과 북부 무림맹의 후퇴.

천하는 두 가지 충격적인 사실로 인해 몸살을 앓았다.

맞은 자가 있으면 때린 자가 있어야 하고, 결과가 있으면 과정과 원인이 있어야 하는데 풍검문의 전멸은 현장검증이 되기까지 비밀 속에 잠겨 있었다.

이틀이 지나고 각 세력의 정보기관이 동시다발적으로 움직였고 호기심을 숨기지 못한 수많은 무인과 사가들이 판홍벌을 찾았다.

판홍벌에 갔다 온 세작과 사가들, 그리고 낭인들의 말에 의하면 벌판에 가득 펼쳐진 처참함에 제대로 숨조차 쉬지 못했다고 한다.

현장을 조사한 사람들이 내린 결론은 그리 많지 않았는데, 풍검문이 누군가의 기습에 의해 전멸당했다는 것이었다.

풍검문은 밤사이 화공을 이용한 공격으로 일차적인 피해를 봤고 전열을 정돈하지 못한 상태에서 이차적인 피해를 본

것으로 추정했다.

그러나 그들이 종합적으로 내린 결론은 천하인들을 충격 속으로 몰아넣기에 충분한 것이었다.

풍검문의 전멸이 특정 세력에 의한 것이 아니라 소수에게 당했다는 것이 최종 결론이었기 때문이다.

처음에는 대부분이 믿지 않고 의심을 했으나 시간이 지나면서 똑같은 분석이 계속되자 천하인들의 관심은 누가 한 행동이냐는 것으로 바뀌기 시작했다.

초미의 관심사.

과연 누가 있어 풍도제가 이끄는 풍검문을 소수의 인원으로 전멸시킬수 있단 말인가.

사가들의 분석과 추측이 난무했고 말도 안 되는 주장들이 마치 진실인 양 퍼져 나갔다.

그중 가장 가능성을 두고 빠르게 퍼져 나간 것은 북부 무림맹에 모여 있는 신검제와 불제 등 네 명의 절대고수들이 손을 잡고 풍검문을 쳤다는 것이었다.

사람들은 그 소문을 믿고 열렬한 환호를 보냈다.

연일 계속되는 패퇴로 인해 점점 위축되어 가던 무림인들은 풍검문의 소멸을 계기로 새로운 희망에 젖어들었다.

비록 후퇴를 했지만 천왕성의 한축을 무너뜨렸으니 충분히 해볼 만하다는 자신감을 갖게 된 것이다.

"벌써 세 번째구려?"

"그렇습니다."

"어쩌실 요량이오. 내가 봤을 때 이젠 숙고를 해야 될 때인 것 같소만."

"…예."

말이 모두 끝났지만 청현자는 마지못해 대답하는 사람처럼 여운을 남기며 고개를 끄덕였다.

청현자를 비롯해서 장문인실에 모인 장로들은 탁자에 놓인 한 통의 서신을 돌려 본 후 무거운 한숨을 내쉬었는데, 서신의 내용은 하루빨리 참전해 달라는 것이었다.

소림 방장의 서명이 담긴 서신은 벌써 세 번째였다.

대의를 위해 구원(舊怨)을 잠시 잊고 싸워달라는 간절한 부탁이었다.

두 번은 장문인 직권으로 무시했지만 이번에 장로 회의를 연 것은 현재 벌어지고 있는 전황이 매우 좋지 못했기 때문이었다.

그럼에도 청현자는 장로들의 요청을 흔쾌히 받아들이지 않고 숙고를 거듭하며 결정을 내리지 않았다.

답답해진 청면자의 입이 다시 열린 것은 청무자가 못마땅하다는 듯 연신 헛기침을 하고 있을 때였다.

"더 늦으면 남부 무림맹은 버티지 못할 것이오. 장문인께서도 잘 아시겠지만 그들이 무너지면 호북도 더 이상 버티지 못하게 된단 말이오. 중원의 칠 할이 천왕성에 넘어가게 되면 이 전쟁은 돌이키지 못하게 될 수도 있소."

"압니다."

"그런데 어찌 망설이시오?"

"아쉬워서 그러지요. 조금만 더 시간이 있었더라면 좋았을 거란 아쉬움 말입니다."

"그거야……."

청면이 말을 멈추고 물끄러미 청현자를 바라보았다.

청현자의 얼굴에는 쓴웃음이 담겨 있었는데, 어찌 보면 약간의 슬픔마저 담긴 것처럼 보였다.

무엇 때문에 망설이는지 알게 되자 사려 깊은 청현자를 계속 압박하는 게 어려워졌다.

전쟁은 수많은 제자들의 피를 흘리게 만들 것이다.

청현자가 흔쾌히 결정을 내리지 못하는 것은 더 완벽하게 준비하지 못했다는 아쉬움 때문이었다.

청면자가 입을 닫고 물러서자 조용하게 자리를 지키고 있던 청문자가 대신 나섰다.

"청면 사형의 말씀처럼 이제 우리가 나서지 않는다면 점창은 무림 역사의 죄인으로 남게 될지도 모르오. 그러니 장문인, 결정을 내려주시오."

"맞는 말이오. 장문인, 점창은 이제 산을 내려가야 하오!"

모든 장로들이 이구동성으로 외쳤다.

구룡복원이 실패하면서 선조들에 대한 부끄러움과 자책감에 시달리는 세월을 보냈지만 무림이 어찌 되든 관여하지 않겠다는 생각을 가진 건 아니었다.

그 옛날 천왕성의 야욕에 맞서 점창의 정예가 모두 목숨을 잃으면서 쇠퇴의 길을 걸어 백여 년이 넘도록 무림 세력들에게 괄시와 압박을 받으며 설움의 세월을 살아왔으나 선조들이 쌓아놓은 명예를 늘 자랑스러워했으니 무림을 지키고자 하는 대의를 버린다는 건 한 번도 생각해 본 적이 없었다.

전통의 명문 점창.

무림의 안위와 협을 위해 참전하는 것은 구룡의 간절한 요청이 없어도 당연히 해야 할 일이었다.

그랬기에 시간이 흐르자 청현자의 얼굴에서 붉은색 기운이 피어오르며 장로들의 요청에 대한 대답이 흘러나왔다.

"사형들의 뜻을 받들겠나이다. 어찌 점창이 한낱 이익을 위해 천하인의 손가락질을 받을 수 있겠습니까. 잠시 아쉬움에 주저함이 있었으나 선조의 얼을 되새겨 천왕성의 야욕을 꺾는 일은 당연히 해야 할 일이지요."

"현명하시오, 장문인!"

"조금씩 준비를 해오고 있었지만 출정을 하기 위해서는 시간이 필요합니다. 그러니 출정은 삼 일 후로 하는 게 어떻겠습니까?"

"우리는 장문인의 뜻에 따를 것이오."

"고맙습니다. 그리고 운호에게서 연락이 왔습니다."

"운호가요?"

"그 아이가 풍검문을 전멸시킨 장본인이랍니다."

"허어, 정말이오!"

"어제 서신을 보내왔더군요. 개인적인 일로 사문의 명 없이 함부로 움직였다면서 용서를 빌어왔습니다."

"그게 사실이오!"

"그렇습니다."

"그 아이가 왜 섬서에 갔단 말이오. 풍운대는 어쩌고요!"

"운호가 사랑한 여인이 당가에 있었다고 하더군요. 그래서 사사로이 움직였으니 용서해 달란 청이었습니다."

"어찌 그것이 용서받을 일이란 말이오. 말도 안 되는 소리요. 그나저나 몸은 괜찮다고 합디까? 혼자서 풍검문을 해치웠다면 많이 다치지는 않았소?"

"운호 혼자 한 게 아니라 삼신룡이 함께 했다고 합니다. 여러 군데 다쳐서 지금껏 치료 중이라고 하더군요. 조만간 풍운대와 합류하기 위해 호남으로 움직이겠답니다."

"어허, 어허!"

청현자의 말에 모든 장로들이 연신 감탄을 터뜨리며 놀라움을 숨기지 못했다.

강호에서 활동하는 신응들은 풍검문의 전멸이 구룡을 이끄는 절대고수들에 의해 일어난 사건이라고 전해왔다.

믿기지 않았으나 한편으로 믿지 않을 수도 없었다. 장안을 함락당한 구룡이 특단의 조치를 취했을 수도 있기 때문이었다.

그럼에도 쉽게 믿겨지지 않은 건 불제와 신검제 등 절대고수들이 구룡에 다수 포진하고 있다 하더라도 신주십강인 풍검문을 단 하룻밤 만에 전멸시킨다는 건 절대 쉬운 일이 아니기 때문이었다.

판홍벌을 조사한 사가나 세작들은 하나같이 소수의 절대고수들이 한 짓이라고 증언했기 때문에 강호의 소문은 거의 기정사실화되어 있었지만 장로들은 한편에 의심을 품고 정보를 대했다.

무인은 자랑스러운 일을 하고 나면 언제나 명예를 위해 스스로 나서는 법인데 불제나 신검제는 침묵을 지킨 채 소문을 확인시켜 주지 않았다.

뭔가 이상함을 느낀 것은 구룡의 태도 때문이었다.

너무 쉽게 방어선을 잃어버리고 후퇴를 했다.

그들이 정말로 풍검문을 해치운 게 사실이었다면 오히려 대도문이 위험해졌어야 정상인데 상황은 완전히 반대로 진행되었던 것이다.

그런데 그런 소문이 사실과 다르다는 청현자의 말이 흘러나오자 장로들은 놀라움에 연신 감탄을 터뜨렸다.

이제 이립조차 되지 않는 아이들이 풍검문을 세상에서 제거했다는 소식에 그들은 제대로 말조차 잇지 못했다.

운호와 운상, 운여의 무력이 절대의 반열에 들어섰다는 것은 이미 알고 있었으나 무천십제의 일인이자 절대의 고수 풍도제가 이끄는 풍검문을 제거할 수 있을 거라고는 꿈에도 생각하지 않았다.

그러나 장로들은 놀라움 속에서도 한 올의 의심조차 갖지 않았다.

구룡의 절대고수들이 풍검문을 쳤다고 했을 때는 고개를 갸웃거리며 의문을 가졌지만 막상 삼신룡이 한 일이라는 말에는 그저 고개만 끄덕이고 있었다.

원인과 결과가 자연스러웠고 스스로 자신이 한 일이라는 전갈을 보내왔으니 구룡이 했다는 소문보다 훨씬 신빙성이 크다.

더군다나 운호는 사문인 점창에 한 치의 거짓말조차 하지 않을 정도로 심지가 굳은 무인이었다.

한참이 지나자 장로들의 얼굴에서 슬금슬금 미소가 새겨지기 시작했다.

기꺼움과 즐거움에서 만들어진 웃음이 분명했다.

강호를 구원하기 위해 전 병력이 출전하는 마당에 삼신룡이 단독으로 움직여 신주십강 중 하나인 풍검문을 해치웠으니 복받치는 감정을 그들은 끝내 숨기지 못했다.

일부러 소문을 내지는 않겠지만 세상은 조만간 점창이 전장에서 보여주는 위력에 전율을 느껴야 할 것이다.

점창은 이미 천하최강의 위치에 올라서 있었다.

운호는 친구들과 함께 화음(華陰)으로 들어가 삼 일 동안 치료를 한 후 곧장 청성이 방어선을 친 남소(南召)로 향했다.

북부 무림맹은 대도문의 기습을 받은 후 방어선이 무너지면서 동시에 하남으로 방어선을 후퇴시켰는데 청성이 자리 잡은 곳은 바로 남소였다.

전략의 요충지.

북부 무림맹은 하남에 세 곳의 방어선을 마련하고 총력전을 펼치기 위해 전력을 집중시키는 중이었다.

더 이상 물러날 곳도 없다.

하남과 산서마저 빼앗긴다면 이 전쟁은 천왕성의 승리로 끝나기 때문에 구룡은 마지막 방어선을 지키기 위해 모든 힘을 쏟아부었다.

적들의 추격이 화음을 향했지만 전혀 신경 쓰지 않았다.

장안의 동쪽으로 이동했으니 적들의 세력권에서 벗어났고, 부상을 입었으나 치명적인 것은 아니었기에 화음에 도착한 그들은 편안하게 의방을 찾아 심신을 회복하는 데 주력을 했다.

처음부터 한설아를 찾기 위해 화음으로 간 것은 아니었다.

치명상은 아니었으나 일단 치료를 해야만 사형들이 있는 호남으로 다시 돌아갈 수 있기 때문에 잠시 머물겠다는 생각을 했을 뿐이었다.

하지만 운상과 운여는 그렇지 않았던 모양이었다.

어쩐지 거리가 제법 떨어진 화음까지 가자고 했을 때부터 이상하다 했는데 놈들은 치료를 받는 와중에 계속해서 한설아 이야기를 꺼내며 슬금슬금 가봐야 한다는 압력을 넣었다.

친구들이 무엇 때문에 그러는지 너무나 잘 알기에 운호는 아무 말도 하지 않고 그들의 뜻을 따랐다.

보고 싶고 걱정되기도 했다.

당운영을 잃은 후부터 지금까지 제대로 식사조차 하지 못할 정도의 슬픔을 겪고 있었기 때문에 문득 한설아가 가까이 있다는 생각이 들자 애가 탈 정도의 걱정이 솟아났다.

사랑하는 사람들.

사랑하는 사람을 잃어버리면서 받은 고통과 슬픔을 절대 더 이상 반복하고 싶지 않았다.

화음과 남소는 이백 리 거리였기에 그들이 도착했을 때는 점심 무렵이 조금 지났을 때였다.

남소에는 무림맹의 무인들로 인해 인산인해를 이루고 있었다.

모든 병력을 삼분해서 배치했기 때문에 남소에 집결한 무림맹 병력은 삼천이 훌쩍 넘을 정도였다.

남소에는 청성뿐만 아니라 무당과 용호문까지 연합해서 방어선을 친 상태로, 험준한 지형을 방패로 삼아 견고한 진영을 형성시켰다.

운호 일행이 청성의 진영으로 들어서자 한 사람이 그들을 알아보고 달려오는 것이 보였다.

그는 멀찍이서 문도들에게 무언가를 지시 내리고 있다가 문득 눈을 들어 운호 일행을 확인하고는 허둥거리며 급히 다가왔는데, 바로 호풍검 유혁이었다.

유혁은 운호 일행과는 벌써 세 번이나 만난 적이 있기 때문에 어찌 보면 인연이 깊다고도 할 수 있는 사람이었다.

유혁은 운호 일행 앞에 서자 급히 허리부터 숙여 예를 표했는데 너무나 정중해서 과하다는 생각이 들 정도였다.

유혁은 운호 일행보다 나이가 많은 사람이었기 때문에 평례도 따진다면 오히려 반대로 되는 게 맞았다.

하지만 유혁은 극도의 공경함을 담고 운호를 향해 떨리는 음성으로 입을 열었다.

점창삼신룡.

현 무림에서 살아 움직이고 있는 전설적인 무인들이었다.

그들이 만들어낸 신화는 믿어지지 않을 정도로 경이적인 것들이었고 천하인들은 그들의 움직임에 광적인 열광을 보내고 있었다.

하지만 언제나 신화는 그들의 움직임보다 훨씬 늦게 알려져 그들의 행적을 아는 사람은 거의 없었다.

본 사람도 없고 어디로 갔는지 아는 자도 없었다.

오직 그들이 벌여놓은 일들이 뒤늦게 회자되며 중원을 진동시킬 뿐이었다.

신비로운 용처럼 그들은 천하를 종횡했기 때문에 그들을 만난다는 것은 거의 기적에 가까웠는데 거짓말처럼 남소에 나타났으니 유혁의 놀람은 당연한 것이었다.

"삼신룡께서 여긴 어인 일이십니까?"

"설아를 만나기 위해 왔습니다."

"아……."

당연한 대답이다.

그럼에도 유혁이 곧바로 반응하지 못한 것은 다른 생각이 있었기 때문이었다.

"마검께서 오신 것을 알면 저희 장문인께서 매우 기뻐하실 겁니다. 설아는 제가 따로 안내해 드릴 테니 먼저 장문인을 만나보시는 게 어떻겠습니까."

"공식적으로 찾아온 것이 아닙니다. 저희는 시간이 없기 때문에 곧 떠나야 합니다."

"많은 시간을 빼앗지는 않을 것입니다. 막사검의 일로 많은 신세를 졌고 목숨까지 구원받은 일이 있기 때문에 장문인께서는 마검을 몹시 보고 싶어 하셨습니다. 저번 쌍류에서 그냥 가신 것을 두고두고 아쉬워하시는 바람에 저희들이 많이 혼났습니다. 그분은 설아의 부친이기도 하시니 잠시 만나주시면 고맙겠습니다."

"정 그렇다면 그리하겠습니다."

유혁의 거듭되는 정중한 요청을 뿌리치기 어려웠다.

더군다나 한설아의 부친이기도 했기 때문에 언젠가는 반드시 만나야 하는 사람이기도 했다.

뒤를 따라 한참을 가자 거대한 전막 앞에 멈춰선 유혁의 입이 우렁차게 열렸다.

"제자, 유혁입니다. 장문인, 마검을 모시고 왔습니다."

"…뭐라고!"

잠시 동안 대답이 없던 전막에서 뒤늦게 대경한 음성이 터져 나왔다.

전막이 열리며 사람이 나타난 것은 고함이 끝남과 동시에 벌어진 일이었다.

만궁자는 전막을 열고 나와 눈앞에 선 자들을 확인하고 한동안 움직이지 못했다.

강호의 신화.

점창삼신룡이 강호를 종횡하면서 펼친 일들은 무림 역사에 한 획을 그을 정도로 대단한 것들이었다.

그들을 보면서 점창을 얼마나 부러워했단 말인가.

절대고수를 길러낸 점창의 저력을 확인한 순간 그는 스스로의 무능함을 탓하면서 매번 절망의 늪으로 빠져들곤 했다.

그러다가 어느 날 천하를 들었다 놓는다는 무적의 검객 마검이 자신의 딸을 좋아한다는 소식을 듣게 되었다.

쌍류에서 그에게 막사검을 돌려받던 날이었다.

한편으로는 기가 막혔고 한편으로는 기뻐서 춤이라도 추고 싶은 심정이었다.

딸아이가 예쁘고 현명해서 중원십미에 포함되었다는 것을 익히 알고 있었지만 마검과 인연이 닿았을 거라고는 꿈에도 생각하지 못했었다.

고개를 들어 지그시 시선을 던지자 중앙에 선 운호가 눈으로 들어왔다.

실제로 본 적은 없었으나 금방 중앙에 선 젊은이가 마검이라는 걸 알 수 있었다.

그럼에도 그는 침착하게 입을 열어 물었다.

"누가 마검이신가?"

"점창의 운호가 장문인을 뵙습니다."

운호가 정중하게 허리를 숙여 인사를 하자 만궁자는 얼굴에 미소를 띤 채 같이 고개를 끄덕였다.

그 뒤로 운상과 운여의 인사를 차례대로 받은 그는 마주 예를 취한 후 그들을 전막으로 안내했다.

만궁자는 유혁의 귓속말을 들은 후 알았다는 듯 손을 내저으며 차를 들여오라는 지시를 내렸다.

차는 금방 들어왔는데 맑은 빛과 은은한 향을 내는 것이 무척 귀한 것 같았다.

"드시게. 귀한 손님들에게만 내놓는 용정차라네."

"감사합니다."

용정차라면 만궁자가 공치사를 할 만했다.

서호에서 나는 용정차는 중원 십대 명차로 꼽혔고 금으로 환산이 어려울 정도로 구하기 어려웠다.

만궁자는 운호 일행이 찻잔을 들자 그때부터 자신의 이야기를 시작했다. 먼저 청성을 도와준 것과 막사검을 찾아준 것에 대한 감사함을 말했고 점창삼신룡이 천하를 종횡하면서 펼쳐 낸 신위에 대해서 치하를 아끼지 않았다. 그런 후 무림의 안위를 위협하는 천하통일전에 대하여 점창이 어떻게 행동할지를 물어왔다.

운호는 차분하게 곧 점창이 산문을 나설 거란 걸 알려준 후 조용하게 입을 닫았다. 벌써 꽤 많은 시간이 지났기 때문에 마음이 점점 급해져 그의 대답은 한결 간결해져 갔다.

역시 강호의 오래된 생강처럼 만궁자는 운호의 표정을 살핀 후 찻잔에 담긴 용정차를 입으로 가져갔다.

이제 이야기를 마무리 지어야 하니 마지막 질문을 던져야 했다.

"자네가 우리 딸아이와 각별한 관계라고 들었네. 맞는가?"

"그렇사옵니다."

"그렇다면 앞으로 어쩔 요량인가?"

"때가 되면 정식으로 인사드리고 따님을 데려갈 생각입니다."

"혼인을 하겠다는 말이지?"

"허락을 해주신다면 그리하겠나이다."

"세상이 혼란스럽네. 언제 어떤 일이 벌어질지 알 수 없을 정도로 세상이 어지러우니 대의를 먼저 이루는 것이 옳을 것이네. 자네의 말을 충분히 알아들었으니 나중에 다시 상의하도록 하지. 자, 이만 가보게. 부디 웃는 얼굴로 다시 볼 수 있기를 바라겠네."

웃음 속에 들어 있는 고뇌.

그는 운호의 말을 듣고 기꺼운 표정을 지었다가 끝내 가슴 속에 응어리진 고뇌를 벗어던지지 못하고 얼굴을 굳히고 말았다.

수없이 많은 제자들이 죽었고 앞으로 얼마나 많은 제자들이 죽어갈지 알 수 없었다.

마검을 사위로 받아들인다는 기쁨보다 더 그의 가슴을 옥죄고 있는 것은 사문의 안위와 제자들의 안녕이었다.

장문인의 전막을 나오자 유혁이 한설아가 있는 곳으로 데려다주었다.

그녀는 초조하게 기다리고 있다가 운호 일행이 멀리서 모습을 드러내자 숨 가쁘게 뛰어왔고 얼굴에는 기쁨이 가득 담겨 있었다.

"오라버니!"

"설아, 잘 있었어?"

아무도 없었다면 분명 가슴에 안겼을 것이다.

그러나 주변에는 사형도 있었고 운상과 운여도 있었기 때문에 그녀는 아무 짓도 못 하고 그저 한없이 운호의 얼굴만 바라보았다.

운상과 운여가 뒤늦게 인사를 한 후 그녀에게 한마디씩 짓궂은 농담을 던지고 유혁을 따라 다른 곳으로 가버리자 그때서야 한설아는 운호의 손을 이끌고 자신의 전막으로 들어섰다.

아무도 없는 곳에 들어서자 그녀는 무조건 운호의 가슴 속으로 파고들었다.

"오라버니, 보고 싶었어요."

"그래, 나도 보고 싶었어."

가슴으로 들어온 그녀를 운호는 두 팔로 굳건히 안은 채 한동안 그대로 움직이지 않았다.

말을 하지 않아도 좋았다.

사랑하는 사람들은 굳이 말을 하지 않아도 많은 말들을 할 수 있기 때문이다.

얼마의 시간이 지났을까.

팔에서 힘을 빼고 그녀를 가슴에서 천천히 밀어낸 운호가 그녀의 얼굴을 감쌌다.

그런 후 천천히 다가가 그녀의 입술을 훔쳤다.

스르륵 감기는 눈.

한설아는 기다렸다는 듯 운호의 입술을 마중하며 눈을 감았다.

운호의 입술은 너무 뜨겁고 달콤해서 정신을 차리기 힘들었다.

눈을 감은 채 그 감촉에 취했다.

이대로 모든 것을 잊고 님과 같이 살 수만 있다면 세상 어떤 것도 부럽지 않을 거란 생각이 들었다.

그러다가 문득 자신의 눈을 타고 흘러내리는 액체를 느끼며 슬그머니 눈을 떠서 운호를 바라보았다.

아… 사랑하는 님이… 울고 있었다.

도대체 왜?

너무나 갑작스럽게 벌어진 일이었지만 한설아는 아무런 말 없이 운호의 입맞춤이 끝나기를 기다렸다.

섣불리 입을 열면 안 된다.

중요한 일이 벌어졌을 때는 최대한의 침착함 속에서 끈기를 가지고 기다리는 것이 가장 현명한 방법이었다.

"오라버니……."

다시 자신을 품으로 끌어당기는 운호를 향해 한설아는 작은 음성을 흘려냈다.

무턱대고 묻지 않았다.

그저 그렇게 조용히 운호가 말해줄 때까지 기다릴 뿐이었다.

운호는 그녀를 천천히 떼어낸 후 의자에 앉히고 그동안 있었던 일들에 대해서 하나씩 이야기를 해나갔다.

당운영과 자신에게 벌어진 일에 대하여.

당운영의 불행이 자신에게서 비롯되었음을 말했고 다시 사랑해 달라는 그녀의 말을 거부하지 못한 것도 고백했다.

태어나 처음으로 사랑했던 여인이었고 자신으로 인해 불행한 삶을 살게 되었으니 그녀를 받아들일 수밖에 없었다는 말도 더듬거리며 말했다.

그런 후 운호는 눈물 속에서 당운영의 죽음에 대해서 말을 꺼냈다.

그녀의 참혹했던 죽음과 자신의 마음, 그리고 그녀를 보내면서 나누었던 많은 대화들에 대해서 운호는 하나의 거짓도 없이 이야기해 줬다.

한설아는 운호의 이야기를 들으면서 그의 눈에서 시선을 떼지 않았다.

들을수록 가슴 아프고 슬픈 일이었다.

그리고 운호가 불쌍해서 견딜 수가 없었다.

바보 같은 사람.

혼자만의 비밀로 남긴 채 말하지 않았다면 자신은 영원히 그런 일이 생겼다는 것조차 알지 못했을 것이다.

그런 데도 운호는 자신에게 어떤 것도 숨기지 않고 당운영에 관한 일들을 모두 말해주었다.

그 이유는 오직 하나, 자신에 대한 사랑과 미안함 때문이다.

그랬기에 더욱 불쌍하게 보여 천천히 다가가 운호를 안아주었다.

"오라버니, 나중에 이 전쟁이 끝나고 평화로운 날이 오면 우리 같이 가요. 오라버니가 양지바른 곳에 묻어줬으니 언니는 다른 곳에 가지 않으려 할 거예요. 그러니까 그곳에 예쁜 전각을 짓는 게 좋겠어요. 그렇게 해놓으면 아마 언니는 그 전각에서 오라버니가 올 때마다 예쁘게 화장하고 반갑게 맞아줄 수 있을 거예요. 그러니 오라버니, 이제 그만… 울어요."

점창의 출전(出戰).

순자배 어린 제자들과 본산을 지킬 무인들을 빼고 산을 내려온 점창의 병력은 정확하게 삼백이었다.

남부 무림맹이 방어선을 친 호남의 망성까지는 삼천 리가 넘었고 천왕성의 소규모 후방 병력을 중간중간 처리하면서 전진했기 때문에 망성에 도착했을 때는 열흘이 훌쩍 지난 늦은 밤이었다.

점창은 망성 외곽에 머물렀을 뿐 모산파가 주축이 된 무림맹 주둔지 안으로는 들어가지 않았다.

악연으로 점철된 모산파와 굳이 얼굴을 보고 싶지 않다는 것도 있었지만 망성 남부 쪽에 위치한 주주(株洲)의 전황이 훨씬 나쁘다는 정보를 들었기 때문이었다.

주주에는 은하문과 파령문이 천왕성 예하 세력인 무풍사와 팔황문을 상대로 접전을 펼치고 있었는데, 점점 힘에 부치며 방어선이 밀리고 있다는 소식이었다.

밤을 지내면 즉시 주주로 움직일 생각이었다.

주주가 밀리면 망성은 완전 고립되어 더 이상 버틸 여력이 없어진다.

하루도 쉬지 않고 달려온 점창 본력(本力)이 망성과 십여 리 떨어진 순치에 진을 쳤다.

주주의 전황이 급하다는 것을 알지만 열흘 내내 쉬지 않고 달려온 것을 감안한다면 하루만이라도 숙면을 취할 필요성이 있었다.

풍운대가 망성을 넘어 순치로 온 것은 점창의 주력이 전막을 펼치고 휴식을 취하기 시작할 때였다.

언제 합류했는지 풍운대에는 섬서에서 넘어온 운호와 운상, 운여까지 동행하고 있었다.

멀쩡한 모습이었다.

풍검문과의 전쟁에서 꽤나 심한 부상을 당했다고 들었으나 그들은 언제 그랬냐는 듯 멀쩡한 모습으로 전막에 들어섰다.

청현자가 머무는 전막은 다른 것보다 훨씬 컸기 때문에 장로들을 포함해서 운풍을 비롯한 주요 각주들과 풍운대가 모두 들어섰어도 여유가 있을 정도였다.

풍운대는 도착해서 사문의 존장들을 뵙자 청현자와 장로들을 향해 깊이 고개를 숙이며 예의를 표했는데, 한 치의 허술함도 보이지 않았다.

"장문인을 뵙습니다."

"어서 오너라. 너희들의 전과는 계속 듣고 있었다. 그동안 고생이 많았다."

"사문의 명을 따랐을 뿐입니다."

청현자의 칭찬에 운곡이 먼저 머리를 숙였고 나머지도 그를 따라 고개를 조아렸다.

그 모습에 장로들의 얼굴이 환하게 밝아졌다.

풍운대가 불과 세 달 동안 천하통일전에서 보여준 전과는 이루 말할 수 없을 정도로 대단한 것이었다.

남부 전선의 판도가 풍운대에 의해서 좌지우지될 정도로 막대한 영향을 끼쳤기 때문에 천하인들은 그들을 보고 전보도라 불렀다.

전쟁판을 일순간에 찢어버리는 전가의 보도란 뜻이었다.

풍검문이 삼신룡에게 당했다는 소문이 뒤늦게 중원을 강타한 것은 운호가 한설아를 만나기 위해 잠시 청성에 들러 그동안 있었던 일들을 말해주었기 때문이었다.

일부러 자랑을 한 것은 아니었지만 청성에서 흘러나온 소문은 꼬리를 물었고 곧 중원 전역을 강타하고 말았다.

그동안 조사를 해왔던 검시관들에 의해 시신에 난 상처들이 사일검법에 의한 게 맞다는 분석이 나오면서 소문은 사실로 밝혀졌다.

단 세 명에 불과한 점창삼신룡이 풍검문을 전멸시켰다는

사실에 천하는 경악을 금치 못했다.

그들이 막강한 무력으로 천하를 종횡하며 무수한 신화를 탄생시켰다는 사실은 익히 알고 있었으나 어찌 인간의 몸으로 신주십강 중의 하나인 풍검문을 세상에서 지울 수 있단 말인가.

풍검문이 지속적으로 전쟁을 치르면서 전력이 약화된 것은 사실이었지만 풍도제를 비롯해서 대다수의 주력 무인들이 생생하게 살아남아 있었다는 건 모든 무림인들이 다 아는 사실이었다.

그런 데도 전멸을 당했다.

당문과 황보세가를 파죽지세로 몰아붙이고 장안까지 함락시켰던 풍검문을 점창삼신룡이 박살 내버리자 무림은 그들의 칭호를 점창삼황(點蒼三皇)으로 바꿔 부르기 시작했다.

십제 중 하나인 풍도제마저 때려잡았으니 마검의 무력은 십제를 뛰어넘어 신경지(新境地)로 가고 있다는 것이 천하의 중론이었다.

말 많은 무림사가들의 점창에 대한 평가는 언제 그랬냐는 듯 그동안의 야박함을 버리고 신주십강의 반열에 올려놓았다.

일부 사가들이 반론을 제기했고 그동안 신주십강의 위치에서 큰소리를 치던 문파들이 코웃음을 흘렸으나 그러한 평가는 점점 힘을 얻어가는 중이었다.

하지만 무림은 진정한 점창의 힘을 알지 못하고 있었다.

마검이 포함된 점창삼황이 건재했고 현 백대고수에 당당하게 이름을 올리고 있는 청문자와 청무자뿐만 아니라 차기 장문인으로 꼽히는 운풍과 풍운대를 이끄는 운곡까지 절대의 경지로 올라섰으니 절대고수의 숫자만 보더라도 단일 세력으로는 최강이었다.

더군다나 분광과 회풍이 돌아오면서 창천의 경지를 뚫고 파천으로 나아간 점창 무인들의 숫자가 백오십을 훌쩍 넘었기 때문에 점창의 전력은 가히 가공할 정도였다.

점창은 다음 날 곧장 주주(株洲)로 이동했다.

남부 전선 중에서도 가장 남쪽에 위치한 주주는 옆으로 치고 들어오는 천왕성의 예하 세력을 막기 위해 형성된 방어선이었다.

무림맹 측에서는 나름대로 적들의 전진을 방어할 수 있도록 전력을 다했으나 은하문과 파령문은 신주십강에 포함된 무풍사와 신흥 강자 팔황문에 의해 조금씩 밀려 결국 망성과 칠십 리밖에 떨어지지 않은 주주까지 후퇴한 상태였다.

주주가 함락된다면 망성은 바람 앞의 등불처럼 위태롭게 변할 수밖에 없다.

점창이 참전의 첫 행보를 주주로 향한 것은 그런 이유가 있었기 때문이었다.

주주를 공격하는 무풍사와 팔황문을 격파하면 이 전쟁은

새로운 국면으로 들어서게 된다.

급했다.

더군다나 신응들에 의해 전해져 온 전황에 따르면 천왕성의 전면적 공격이 눈앞으로 다가온 상태였다.

전력으로 달려 주주에 도착한 것은 신시(申時) 무렵이었다.

주주(株洲) 외곽으로 들어서자 시신들이 나타나기 시작하더니 방어선에 도착했을 때는 이미 양측이 치열한 접전을 펼치는 중이었다.

파령문을 공격하고 있는 팔황문의 후방에서 나타난 점창무인들은 하나같이 흑색 전도복으로 통일해서 마치 하나의 검은 물결이 움직이는 것처럼 보였다.

삼 대로 나뉜 점창의 전진은 그야말로 무풍지대를 휩쓰는 독수리의 움직임과 하등 다를 바가 없었다.

공격에 정신이 팔려 있던 팔황문이 뒤늦게 점창의 공격에 반응하기 시작했으나 이미 거대한 폭풍에 휩싸인 망망대해의 돛단배처럼 보였다.

대적불가.

점창 무인들의 전진은 마치 폭풍과도 같았다.

팔황문 팔백 무인을 도륙하는 데 걸린 시간은 불과 한 시진.

악전고투를 펼치던 파령문주는 점창의 무력을 확인한 후 손에 들었던 검을 땅에 짚은 채 주저앉고 말았다.

믿어지지 않는 광경.

자신들을 압도적으로 밀어붙이던 팔황문이 마치 짚단처럼 쓰러지는 장면은 충격을 넘어 공포에 가까운 것이었다.

특히 선두에 서서 적들을 베어 넘기는 점창 무인들의 무력은 무적의 신위를 나타냈는데, 하나같이 자신의 무력을 뛰어넘고 있었다.

그들이 지나간 자리는 무인들의 시신이 산처럼 쌓였고 팔황문의 진영은 갈가리 찢겨져 나갔다.

뒤늦게 나타난 자들의 정체를 안 순간 파령문주는 또 한 번 경악을 금치 못했다.

점창.

삼십팔세의 말석에서 겨우 연명하던 몰락한 문파의 이름.

요즘 들어 점창삼황으로 인해 문파의 위치가 격상됐다고는 하나 이 정도로 무서울 줄은 꿈에도 생각하지 못했다.

물론 팔황문이 기습을 당했기 때문에 제대로 힘을 쓰지 못한 부분도 있었지만 그럼에도 불구하고 점창의 힘은 막강, 그 자체였다.

운상은 팔황문을 전멸시키고 은하문이 방어를 하는 전선으로 점창이 움직이자 본진과 떨어져서 무풍사의 진영을 반으로 가르며 전진했다.

뒤쪽에서는 그의 마음을 알기라도 하듯 운호와 운여가 따르고 있었는데 무인지경으로 벌판을 휩쓸며 촘촘하게 펼쳐진 무풍사 병력을 파괴했다.

수시로 초절정의 무인들이 나타나 전진을 막았으나 아무도 그들을 멈추게 만들 수 없었다.

절대의 경지를 넘어선 그들의 질주를 막는다는 건 불가능에 가까운 일이었다.

불과 일각 만에 무풍사의 진영을 관통한 운상이 첨예하게 맞서 있던 양측의 전선을 뛰어넘었다.

그의 목적은 오직 하나, 소하령을 찾는 것이었다.

당운영의 죽음 앞에서 운호가 절망하는 모습을 보면서 자신 역시 그리될지도 모른다는 생각을 했다.

잃고 싶지 않았다.

운호에게는 미안했지만 그의 솔직한 심정은 하루라도 빨리 호남으로 돌아가 소하령을 찾고 싶은 것이었다.

그리고 오늘 피가 튀는 전장 속에서 그녀를 찾아 헤매고 있었다.

어디에 있는 걸까? 살아 있겠지? 그래, 살아 있을 거다.

"하령아, 하령아!"

미친 듯 움직이며 그녀를 소리쳐 불렀다.

살아 있기를 간절히 바라면서.

그렇게 은하문의 진영을 얼마나 달렸는지 모른다.

뒤쪽에서는 운호와 운여가 여전히 호위하듯 그를 감싸고 있었는데, 누구라도 조금의 위해를 가해온다면 단숨에 검을 날릴 기세였다.

마치 거짓말처럼 피로 물든 사람이 나타난 것은 전선의 가장 끝자락까지 운상이 달렸을 때였다.

"오라버니!"

"하령아!"

그 예뻤던 모습이 온통 피에 젖어 알아보기 어려울 지경이었다. 더군다나 어디서 뒹굴었는지 몸은 흙으로 엉망진창이 되어 있었다.

그럼에도 운상은 즉시 그녀를 꽈악 끌어안은 채 한동안 놓아주지 않았다.

시간이 지나고 소하령이 꿈틀대자 품에서 그녀를 떼어낸 운상이 급히 손으로 그녀의 전신을 어루만졌다.

평소 같으면 말도 안 되는 짓이었으나 소하령은 가만히 운상의 손길에 몸을 맡긴 채 서 있기만 했다.

무엇 때문에 그러는지 너무나 잘 알기 때문이었다.

운상은 자신이 다쳤을까 봐 옷자락 속까지 급히 헤집고 있었다.

"오라버니, 나 조금밖에 안 다쳤어요."

"응… 응."

"나, 안 예쁘죠?"

"아니, 예뻐."

운상이 고개를 흔들며 그녀의 얼굴을 만졌다.

소하령은 이 와중에도 운상에게 자신의 엉망이 된 모습을 보이기 싫었던지 자꾸 얼굴을 숙이고 있었다.

뒤쪽에 서 있던 운호와 운여는 어느새 전장 속으로 사라져 버렸기 때문에 그들 주변에는 아무도 없었다.

운상은 그녀에게서 시선을 떼지 못했다.

주변에서 벌어지는 악귀 같은 전장의 소용돌이도 그의 눈에는 들어오지 않는 모양이었다.

소하령의 얼굴을 매만지는 그의 손길은 더없이 따뜻했고 그녀를 바라보는 눈에는 뜨거운 물기가 담겨 있었다.

"하령아, 고마워. 이렇게 살아줘서."

점창의 본진은 팔황문을 전멸시키고 곧장 동쪽으로 이동해서 무풍사를 급습했다.

은하문과 치열하게 접전을 펼치던 무풍사는 배후를 고스란히 열어놓았기 때문에 점창이 후면을 치고 들어오자 금방 비틀거리며 무너지기 시작했다.

더군다나 은하문 쪽에 가세한 운호와 운여가 선두에 서서 무풍사의 선봉을 격파하자 기세가 오른 은하문이 수세에서 벗어나 반격에 나섰기 때문에 전쟁의 양상은 급속도로 변하고 말았다.

적과의 전투에서 진형이 무너진다는 것은 목숨이 위태로워진다는 걸 의미한다.

더군다나 앞뒤로 양면 공격을 당한다면 살아날 가능성은 전무하다고 보는 것이 맞았다.

그리고 결과 역시 그렇게 나타났다.

비록 무풍사가 신주십강에 들 정도로 막강한 전력을 보유하고 있었으나 은하문의 무력도 만만치 않았는데 뒤쪽에서 점창까지 치고 들어왔으니 버티는 것 자체가 불가능한 일이었다.

무풍사를 이끌고 있는 신창제 공찬은 피로 범벅이 된 채 사력을 다했지만 끝내 창을 땅에 꽂은 채 죽음을 맞이하고 말았다. 바로 운호의 흑룡검에 의해서였다.

운호는 신창제와의 대결에서 왼쪽 팔과 오른쪽 다리에 부상을 입었으나 멀쩡한 모습으로 끝까지 전장을 휩쓸며 무풍사가 자랑하는 무인들을 쓰러뜨렸다.

승패가 갈려가는 상황에서도 운호는 움직임을 멈추지 않았다.

혼신을 다한 전투가 사문의 제자를 하나라도 더 살릴 수 있다는 마음가짐을 가졌기 때문이었다.

전투가 끝난 것은 점창이 가담한 지 세 시진 만이었다.

서쪽 하늘을 붉게 물들이던 태양이 천천히 가라앉으며 환상적인 노을을 만들어낼 때 점창은 검을 거두고 뒤로 물러났다.

구름은 피를 가득 머금고 있었다.

살육의 현장에서 솟구친 피가 땅을 적시다 못해 구름까지

물들인 것 같았다.

수많은 시신들.

거의 이천에 가까운 무인이 주주의 구릉지 사이에 널브러진 채 다시는 돌아오지 못할 구천으로 향하고 있었다.

혈지였고, 혈해였으며, 혈운이었다.

도대체 무엇이 이런 죽음을 만들어낸 것일까.

눈을 감지도 못하고 죽어간 사자들의 고통과 슬픔이 주주 벌판을 가득 채워 음습한 대지로 만들었다.

마치 구천 지옥의 붉은 땅처럼.

6장

태풍의 눈

　번천검 소의명은 검은 전도복으로 통일된 점창의 무인들을 확인하고 깊은 한숨을 내뱉었다.

　불과 삼백.

　그 인원으로 자신들과 파령문 연합을 향해 일방적인 공격을 퍼붓던 무풍사와 팔황문을 단 세 시진 만에 전멸시켜 버렸다.

　기습이었고 적들이 자신들과 싸움을 하느라 제대로 정비하지 못한 상태에서 공격을 당했다는 것을 감안하더라도 점창의 무력은 공포스러울 정도로 무서운 것이었다.

　침묵을 지킨 채 자리를 지키고 있는 점창 무인들의 신위에 주주 벌판이 숨조차 쉬지 못했다.

수많은 시신들을 등 뒤에 매달고 묵묵히 은하문 쪽을 바라보는 점창 무인들의 시선은 부담스러움을 넘어 두려울 정도였다.

그럼에도 그는 앞으로 다가온 청현자를 향해 조금의 떨림도 없는 묵직한 음성을 흘려냈다.

일문의 수장이란 그런 것이다.

자신의 감정을 완벽하게 숨기고 상대할 수 있는 배짱이 있어야 문파의 안녕과 이익을 지켜낼 수 있다.

"장문인께 진심으로 감사드리오."

"별말씀을."

"점창이 이제라도 참전했으니 전쟁의 양상은 완전히 바뀔 것 같구려. 그 옛날 오래전 천왕성의 야욕을 점창 홀로 일어나 막았다는 이야기를 들은 적이 있는데 점창의 신위를 눈으로 직접 보니 이제야 실감이 나오. 정말 대단한 신위였소."

"과찬이시오."

소의명이 새삼 허리를 숙여 정중하게 인사를 하자 청현자가 마주 예의를 갖췄다.

그의 태도에서는 조금의 오만함도 보이지 않았다.

수많은 적을 일거에 무찔러 목숨을 구해준 처지였음에도 청현자의 행동에는 정중함이 가득 들어 있었다.

그 모습에 소의명의 고개가 조금씩 흔들렸다.

대단한 공부와 인격.

사람의 행동은 처한 상황에 따라 자신도 모르게 변하는 법인데 청현자는 조금의 흐트러짐도 보이지 않았다.

"장문인께서는 이제 어쩌실 요량이시오?"

"주주를 해결했으니 이제 망성으로 갈 생각입니다. 저희가 수집한 정보에 따르면 북부 전선이 무척 위태롭게 진행되는 것 같습니다. 더군다나 중부 전선도 격렬한 공격이 시작되었기 때문에 망성의 적들을 최대한 빨리 잡아내야 됩니다."

"당연한 말씀이시오."

"은하문과 파령문의 손실이 꽤 커 보여 걱정이오."

청현자가 은하문의 진영을 향해 슬쩍 시선을 줬다가 다시 소의명 쪽으로 돌아왔다.

계속되는 싸움으로 인해 은하문의 병력은 삼백이 조금 넘었고 파령문도 비슷한 처지였다.

더군다나 부상자들도 꽤 많았기 때문에 온전한 병력으로 따진다면 이백에도 미치지 못하는 실정이었다.

청현자의 말은 소의명의 의견을 물은 것이었다.

여기서 은하문과 파령문이 피해를 이유로 더 이상 싸움이 어렵다고 한다면 점창 홀로 망성으로 이동해야 했다.

하지만 소의명의 대답은 확실했고 굳건했다.

그의 눈은 불타는 것처럼 번쩍였는데 조금도 물러날 기색이 보이지 않았다.

"타격은 있으나 여기서 물러날 생각은 없소이다. 문파마다 그런 이유로 물러선다면 어찌 이 전쟁을 이기겠소. 우린 끝까지 싸울 것이오."

점창과 은하문, 그리고 파령문의 병력이 주주에서 다시 망성을 향해 움직인 것은 늦은 저녁 무렵이었다.

은하문과 파령문은 싸움에 참전하기 어려운 부상자들을 후송시키고 남은 병력만 움직였는데 그 숫자가 사백에 불과했다.

당초 영흥(永興)을 중심으로 최남단에 방어선을 펼쳤을 때의 병력이 이천에 달했으니 이는 무려 팔 할의 손실이 있었다는 뜻이다.

그럼에도 남아 있는 병력은 수많은 전투에서 살아남은 역전의 용사들이었다.

전투력으로 따진다면 무림에서 가장 강하다는 삼십팔세의 은하문과 파령문 내에서도 최정예의 무인들만 살아남았기 때문에 그들의 신법은 민첩하기 그지없었다.

운상은 소하령의 옆에서 떨어지지 않았기 때문에 자연스럽게 운호와 운여도 풍운대에서 떨어져 나와 은하문의 병력과 함께 이동했다.

집단의 규율을 생각한다면 허락되지 않는 행동이었으나 자유스러운 점창의 기풍은 그런 것에 조금도 연연하지 않았다.

그사이에 소하령은 깨끗하게 몸을 씻었고 새 옷으로 갈아입었기 때문에 예전의 아름다운 모습으로 되돌아온 상태였다.

그녀가 옆에 붙어서 끊임없이 조잘대며 말을 이어나갔기 때문에 운상은 잠시도 주변을 돌아보지 못했다.

헤어져 있는 동안 있었던 일들에 대해서 일일이 물어봤고 이것저것 벌어진 일에 대해서 수시로 의견을 물었기 때문에 그는 좋지 않은 머리를 동원해서 기억을 되짚느라 애를 썼다.

그 모습을 지켜보며 운호는 말없이 그들의 뒤를 따랐다.

소하령의 질문에 당황하면서도 한편으로는 즐거워하는 운상의 모습을 보면서 자연스럽게 당운영과의 추억을 떠올렸다.

오래전 그때.

풍현의 객잔에서 그녀를 만난 이후 그는 당운영의 당돌함과 순수함을 보면서 운상보다 훨씬 수줍고 부끄러워하며 얼굴을 붉혔었다.

보고 싶었지만 이제는 볼 수 없는 얼굴.

운호가 풍운대의 수장 운곡에게 부탁해서 운상과 소하령의 뒤를 따르는 것은 자신의 아픔을 친구가 겪지 않도록 하고 싶었기 때문이었다.

무슨 수를 써서라도 소하령만큼은 털끝 하나 다치게 만들고 싶지 않았다.

운상과 그녀가 오래도록 같이 머물며 아름다운 세상에서 행복하게 살기를 운호는 진심으로 간절하게 바랐다.

망성에 점창이 도착한 것은 자시(子時) 무렵이었다.

평소 같으면 모두 잠자리에 들 시간이었지만 망성은 대낮처럼 횃불을 밝힌 채 그들을 기다리고 있었다.

망성을 방어하는 병력은 모산파와 쾌활림, 패천방과 파한문 등이었고 그 외에도 이십여 개의 중소 문파가 가담해서 거의 오천에 달했다.

남부 전선을 담당하는 세 개의 축 중에서 가장 중요한 전략적 요충지가 망성이었기 때문인데, 상덕(常德)에는 신마문과 철기맹, 죽련 연합이 천왕성의 망성 진출을 틀어막은 채 분전을 펼치고 있는 중이었다.

그러나 현재의 상황은 그리 좋지 않았다.

오천에 달했던 병력은 이십여 차례의 전투에서 거의 삼천이 죽었기 때문에 남은 병력은 이천에 불과했고 주력 무인도 상당수 손실을 입어 기세가 많이 꺾인 상태였다.

더군다나 천왕성은 끝장을 보려는 듯 요즘 들어 매일같이 공격을 해와 망성의 무림맹 무인들은 피곤이 쌓일 대로 쌓여 있는 상태였다.

이대로 싸움이 계속된다면 결과는 뻔했다.

전력에서 차이가 나는 싸움은 일정 기간은 버틸 수 있으나 끝내는 죽음으로 결과가 나타날 수밖에 없다.

망성에 모인 무인은 그러한 사실을 너무나 잘 알고 있었다.

시간이 지날수록 옆에서 같이 싸우던 전우들이 하나둘 시신이 되어 그들의 곁을 떠났고, 적들은 악마의 숨결처럼 미친 듯 공격을 해왔기 때문에 가슴속에 숨겨놓았던 두려움이 점차 커져 가는 중이었다.

그랬기에 망성의 병력들은 주주 싸움을 끝내고 온 점창을 비롯한 지원 병력이 들어서자 환호성을 질렀다.

지금까지 속 시원한 승리를 해본 적이 없었는데 무풍사와 팔황문 연합을 전멸시켰다는 소식과 함께 망성으로 지원 병력이 들어오자 그들의 얼굴에는 생기가 돌기 시작했다.

"어서 오시오."

거칠어진 얼굴로 모산파의 장문인 무검제가 청현자를 자신의 전막으로 안내했다.

전막에는 각파의 수장들이 모두 모여 있었는데, 그들의 얼굴 역시 오랜 전투로 인해 거칠어질 대로 거칠어진 상태였다.

전막에서 지원군의 수장들을 기다리고 있었던 사람은 무검제를 포함해서 모두 셋.

패천방주 일광도 감사량과 쾌활림주 뇌정검 한호였다.

그들은 모두 무림백대고수에 포함된 절대의 고수들이었으나 한시도 쉬지 못했던지 두 눈이 충혈되어 시뻘겋게 변해 있었다.

무검제는 청현자가 자리에 앉자 가볍게 헛기침을 한 후 천천히 입을 열었다.

"오시느라 고생하셨습니다."

"그리 먼 길은 아니었소."

담담하게 답을 하며 자신을 바라보는 청현자를 향해 무검제가 속으로 깊은 한숨을 내쉬었다.

예전 소림에서 처음 만났을 때 왼팔을 자른 후 초라하게 돌아갔던 청현자는 어디로 가고 위풍당당함을 넘어 좌중을 휘어잡는 거대함만이 그의 모습에 남아 있었다.

저녁 무렵 전서를 통해 무풍사와 팔황문이 점창에 의해 전멸당했다는 소식을 듣게 되었다.

처음에도 말도 안 되는 소식에 서신의 진위를 캐물으며 정보를 맡고 있는 수하를 향해 소리를 질렀다.

무풍사는 모산파와 같은 신주십강의 하나였고 팔황문 역시 최근 들어 무서운 기세로 성장해서 누구도 업신여기지 못했던 강성한 문파였다.

그런 자들을 불과 세 시진 만에 전멸을 시켰다면 도대체 누가 믿을 수 있단 말인가.

하지만 그러한 전서는 한 번에 그치지 않고 계속해서 날아오기 시작했다.

각 문파에 깔아놓은 정보 조직들뿐만 아니라 전쟁터에서 직접 싸워온 은하문과 파령문 측에서도 같은 내용이 날아왔기 때문에 뒤늦게 무검제는 입을 떠억 벌린 채 아무런 말도 하지 못했다.

믿지 못할 이야기였지만 너무나 커다란 희소식이었고 한편으로는 너무 큰 충격이었기에 그는 혼란스러움 속에서 생각을 정리하느라 한동안 움직이지 못했다.

점창.

우습게 여겼고 언제든지 시비가 붙어서 싸움이 벌어진다면 단숨에 끝장을 볼 수 있을 거라 자신했는데 막상 말도 안되는 결과가 눈앞에 나타나자 몸이 부르르 떨려왔다.

강력한 두 개의 문파를 전멸시키는 데 걸린 시간이 세 시진에 불과했다고 한다.

물론 은하문과 파령문과의 연합이었기에 어느 정도 감안해야 된다 하더라도 점창은 그 싸움에서 스물두 명을 잃었으니 전력의 손실이 거의 없었다고 해도 될 정도로 완벽한 승리를 거뒀다.

자신이 이끄는 모산파는 점창과 악연으로 맺어져 있었기에 그 충격은 이루 말할 수 없이 컸다.

만약 점창이 구룡복원의 원한을 풀고자 한다면 모산파로서는 막기가 어려울 것이다.

물론 점창이 미치지 않는 한 그런 일은 발생하지 않겠지만 강력한 무력을 장착한 채 점창이 나타나자 기분이 더러워지는 것은 어쩔 수 없었다.

마지막 전서가 도착했을 때 그는 찜찜함을 털어내고 몸을 일으켜 후속 조치들을 취하기 시작했다.

전쟁의 양상을 바꿔 버린 점창이 망성으로 들어온다면 남부 전선을 승리로 이끌 수 있을지도 모르니 속마음이야 어떻든 최대한 그들을 환영해야 했다.

무검제의 안내로 문파의 수장들이 자리에 모두 앉자 전막이 팽팽한 긴장감에 사로잡혔다.

모산파와 점창의 복잡한 감정 때문이 아니라 급하게 돌아가는 전황으로 인해서였다.

생각지도 않게 점창이 나서서 옆구리를 찔러온 팔황문과 무풍사를 제압했기 때문에 남부 전선은 여력을 찾을 수 있었지만 천왕성의 주공부대가 움직이고 있는 북부 전선은 연일 피해가 속출하는 전투를 벌이는 중이었다.

전쟁에서 이기기 위해서는 어떡하든 빠른 시간 내에 남부 무림을 평정해야 했다.

그것은 천왕성 측도 마찬가지였기 때문에 공세를 늦추지 않고 끊임없이 타격을 가해왔던 것인데 이제 전황이 역전되었으니 무림맹에서 움직일 차례였다.

무검제는 모산파를 신주십강에 올려놓을 정도로 뛰어난 무인이었다.

무력뿐만 아니라 문도들을 이끌어 나가는 영도력도 뛰어났고 판단과 결행에 한 치의 주저함도 없어 모산파는 이십 년 만에 강서를 완벽하게 장악한 거대 문파로 성장할 수 있었다.

그런 그가 점창과의 껄끄러운 감정으로 인해 역전의 기회를 놓칠 리 만무했다.

무검제는 수장들이 모두 자리에 앉자 청현자를 향해 부드러운 시선을 던졌다.

"장문인께서 내려주신 결정으로 인해 전황이 호전되었소. 남부 무림맹을 이끌고 있는 사람으로서 진정 감사드리는 바이오."

"점창은 할 일을 했을 뿐이오. 무림의 일원으로서 협의를 실현하기 위해 나선 것이니 무검제께서 치하할 일은 아니오."

청현자는 조용히 앉아 겸양의 말을 했으니 말속에 가시를 숨겨놓았다.

점창이 한 일에 대해서 함부로 판단하고 칭찬하지 말라는 경고가 청현자의 말에 묻어 있었던 것이다.

청현자의 반응에 무검제는 슬쩍 낯빛을 흐렸다가 얼굴을 펴며 웃었다.

한편으로 생각해 보니 자신이라도 충분히 그럴 것만 같았기 때문이었다.

자신들에게 치욕을 안겨준 문파의 수장이 칭찬을 한다는 것은 오히려 욕을 하는 것보다 훨씬 더 기분 나쁜 일이다.

그랬기에 그는 음성을 바로 하고 좌중을 쓰윽 돌아본 후 청현자를 향해 다시 입을 열었다.

감정 싸움 때문에 귀중한 시간을 허비한다는 건 진정으로 멍청한 짓이었다.

"무풍사와 팔황문을 제압하면서 좌방을 위협하던 세력이 소멸됨에 따라 우리는 전력을 집중해서 천왕성의 중앙군과 싸움을 벌일 수 있게 되었소. 아시다시피 우리에게는 시간이 별로 없소이다. 만약 이대로 전황이 유지된다면 북부 무림은 얼마 버티지 못하고 하남을 뺏길 수밖에 없을 것이오. 따라서 우리는 다소 무리가 따르더라도 방어에서 벗어나 공격으로 전환해야 하오. 최대한 빠른 시간 내에 남부 무림으로 넘어온 천왕성의 세력을 소멸시키지 못한다면 이 전쟁에서 우리는 패배를 면하지 못할 것이오."

"어쩌실 요량이오?"

"장문인께서 방어선을 뚫고 신화(新化)를 탈환해 주시오."

"신화?"

"그렇소. 점창이 신화만 탈환해 준다면 남부 전선은 길어도 십 일 이내에 승부가 결판 날 것이오."

무검제는 말을 끝내고 입을 꾹 닫았다.

자신은 더 이상 할 말이 없다는 듯 말을 끝내놓고 청현자의 대답을 기다렸는데, 그의 두 눈은 긴장으로 번들거리고 있었다.

신화(新化).

망성과 백 리밖에 떨어져 있지 않는 소규모 도시였지만 무검제가 신화를 공격해 달라고 부탁한 것은 그곳에 천왕성 남부 정벌군의 총사령인 요홍이 두 개의 친위 부대와 함께 주둔하고 있었기 때문이었다.

더군다나 신화는 천왕성 병력의 보충지였고 호남에서 가

장 중요한 전략적 요충지였기 때문에 반격을 한다면 가장 먼저 탈환해야 할 곳이었다.

문제는 그곳에 주둔하고 있는 병력이 천에 이르렀고 강력한 무력을 지닌 자들이 요홍을 근접 호위하고 있어 난공불락의 요새란 것이었다.

다수의 문파가 공격에 나서도 어려운 일을 점창에게 홀로 맡기는 무검제의 저의는 충분히 의심스러웠다.

청현자는 자신을 바라보는 무검제의 시선을 정면으로 마주 부딪쳤다.

전쟁에 참전했으니 명에 따라야 하는 건 당연한 사실이나 개인적인 감정으로 점창에게 커다란 손실을 입게 만드는 전략을 요구한다면 절대 받아들일 수 없는 일이었다.

청현자의 굳게 닫아놓았던 입술은 무검제의 말이 끝나고 한참의 숙고 후에 천천히 열렸다.

방어선을 뚫고 신화를 무너뜨리면 중심축이 무너져 천왕성은 혼란에 빠지게 된다.

하지만 반대로 신화를 공략하다가 실패하게 되면 오히려 망성 방어선조차 지키지 못하는 결과를 가져올 수 있었다.

무검제가 무리임을 알면서도 부탁해 온 것은 점창이 가장 강한 전력을 가지고 있었기 때문이지, 사심 때문이 아님을 현명한 청현자는 한눈에 알아챘던 것이다.

무검제 못지않게 그는 일문의 종사로서 어느 하나 부족한 것이 없을 정도로 뛰어난 무인이었으니 한 번 판단이 내려지자 결단에 주저함을 두지 않았다.

"그러리다. 점창이 신화를 깨뜨려 드리지요. 언제까지 해주면 좋겠소?"

"최소한 오 일 이내에는 끝을 봐야 하오."

"변수가 많이 생길 테니 삼 일 만에 끝을 내겠소. 그동안 무검제께서는 망성 방어선을 홍호까지 밀어내시오. 그러면 나머지는 우리가 알아서 하리다!"

"가능하시겠소?"

"점창은 무적이오. 우리가 약속한 것은 반드시 지킬 테니 맹주께서는 걱정하지 마시오!"

점창이 움직인 것은 그다음 날 미시(未時) 무렵이었다.

전날 전투와 이동을 하면서 무리를 했으니 충분히 휴식을 취한 후 출발하겠다는 선택이었다.

망성은 여전히 적들의 공격이 시작되어 곳곳에서 전투가 벌어지고 있는 중이었다.

그렇다고 해서 한 번에 끝장을 보겠다는 전면전은 아니었다.

천왕성은 끊임없이 공격을 시행하면서 무림맹의 전력이 누수 현상을 일으켜 약화되기를 기다리는 중이었기 때문에 전면적 공격보다는 요충지 함락전을 펴고 있었다.

주요 고지에서는 뺏기고 뺏는 공방전이 계속되었고 천왕성의 의도는 조금씩 효력을 발휘해서 하루에도 십여 명씩 낭인들과 중소 문파의 무인들이 전력에서 이탈했다.

무검제가 점창에게 신화를 탈환해 달라고 주문한 것은 그런 배경이 있었기 때문이었다.

시간을 끌면 끌수록 전황이 불리해지는 건 북부 무림뿐만 아니라 남부 무림 또한 마찬가지였던 것이다.

오시가 되자 무림맹의 수뇌부와 예비 병력이 전부 전장에 투입되면서 반격전이 펼쳐졌다.

근래에 없었던 맹공이었다.

무검제가 이끄는 모산파가 중앙을 맡았고 쾌활림과 패천방이 우측, 파한문과 은하문, 파령문이 좌측을 맡은 맹렬한 반격전이 오시부터 시작되어 점창이 망성을 떠나고 한참 후인 신시(申時)까지 계속되었다.

그동안 뺏겼던 주요 거점을 무려 서른 개나 되찾을 정도로 엄청난 반격전이었다.

적들은 무림맹의 무서운 반격에 제대로 대응을 하지 못하고 연신 물러섰다.

의외의 반격이었기 때문인지, 아니면 미리 이런 경우를 대비해서 준비해 놓은 게 있었던 것인지 알 수 없었지만 무림맹의 반격전은 점창 병력이 쥐도 새도 모르게 망성을 빠져나갈 수 있도록 천왕성의 눈을 막아주었다.

"점… 창!"

분노하며 두들긴 요홍의 일장에 박달나무로 만들어진 탁자가 박살이 나며 날아갔다.

그의 눈은 분노로 이글이글 타오르고 있었는데, 치밀어 오르는 화를 참지 못하고 몸을 부들부들 떨어대고 있었다.

무풍사와 팔황문이 점창에게 당했다는 말도 안 되는 사실을 보고 받은 것이 불과 어제 저녁의 일이었다.

너무 놀라고 기가 막혀 밤새도록 잠 한숨 못 자며 이를 갈았는데 점창은 단 하루 만에 천왕성의 포위망을 뚫고 주요 거점들의 병력을 처단하며 자신이 있는 신화를 향해 전진해 오고 있었다.

마검을 비롯한 점창삼신룡이 안록산을 가로막았을 때 삼공이 필요했던 것은 워낙 험준한 지형을 이용해서 버텼기 때문에 전력의 낭비를 피하기 위함이었지, 진정으로 그들이 두려웠기 때문은 아니었다.

마음만 먹었다면 얼마간의 희생이 있다 하더라도 충분히 잡아낼 수 있다는 자신감이 그의 머릿속에 항상 들어 있었다. 집단전의 전투는 몇몇 개개인의 의해서 승패가 결정될 수 없다는 생각 때문이었다.

하지만 그러한 생각을 뒤집어 버리고 점창삼신룡은 풍검문을 단 셋으로 박살 내는 전과를 이뤄냈다.

진정 믿기지 않는 일이었다.

천왕삼공을 꺾은 마검의 무력이 두려울 정도로 강하다는

건 인정했지만 그럼에도 그는 만신창이가 되어 호북으로 도주의 길에 올랐었다.

그런 자가 어찌 풍검문을 초토화시킬 수 있단 말인가. 더군다나 풍검문에는 풍도제가 버젓이 살아서 버티고 있었다.

분명 마검의 무력은 그사이에 또 다른 진화를 한 것이 틀림없었다.

그랬기에 무풍사와 팔황문이 점창에게 당했다는 소식을 들었을 때 모골이 송연해졌다.

단 셋만으로 풍검문을 세상에서 지운 마당에 점창이 모두 나선 공격이었으니 무풍사와 팔황문이 무너진 것은 어쩌면 당연하다는 생각까지 들었다.

그럼에도 두려움보다는 분노가 먼저 치솟았다.

점창만 없었다면 남부 전선은 그의 생각대로 조만간 끝장이 날 판이었는데 엉뚱한 곳에서 돌이 날아와 바둑판을 완전히 박살 내고 말았다.

으드득!

요홍은 이를 간 후 좌하에 있는 서효원을 향해 무겁게 입을 열었다.

"외곽에 나가 있는 혼천당과 무천당의 병력을 전부 집결시켜. 천왕무영진으로 놈들을 잡겠다."

"지금 신화에는 팔백에 달하는 중소 문파 무인들과 낭인이 집결해 있습니다. 그자들은 어찌하오리까?"

"불쏘시개는 불을 지피기 위해 필요한 것이다. 그자들을 전위에 내세워 놈들의 몸에 피를 뒤집어씌운다."

"그럼 그리 준비하겠나이다."

"살아남은 삼공은 어디 있나?"

"문덕에 계십니다."

"아직도 묘를 지키고 있는 것이냐?"

"그렇습니다."

서효원의 대답에 요홍이 목구멍 깊은 곳에서 혀를 찼다.

전곡전투에서 일공과 이공이 목숨을 잃었으나 삼공은 살아남아 이곳 신화로 돌아왔다.

하지만 그는 살아도 산 게 아니었다.

평생을 같이해 온 친구들이 죽어버리자 그는 그들의 묘를 지키며 거의 폐인처럼 지내고 있었다.

요홍의 입이 다시 열린 것은 정문을 통해 혼천당주와 무천당주가 당당한 모습으로 들어올 때였다.

"그를 문덕에서 끄집어내라."

"나오겠습니까?"

"나올 것이다. 친구들의 복수를 해야 할 테니 당연히 나온다. 그리고 좌판으로 전서를 띄워 천왕칠절을 이쪽으로 오라고 해."

"알겠습니다. 시간이 빠듯하지만 놈들이 오기 전까지는 도착이 가능할 것입니다."

"크크크. 점창… 어디 와보거라. 신화가 너희들의 무덤이 될 터이니."

점창 본진이 신화 외곽에 도착한 것은 망성에서 빠져나온 지 이틀이 지난 후였다.

그 이틀 동안 점창 무인들은 제대로 잠을 자지 못해 얼굴이 거칠게 변해 있었다.

곳곳에 배치되어 있던 천왕성의 병력들이 기습을 해왔기 때문에 온전한 전진이 어려웠기 때문이었다.

신화는 만면산과 조령산의 경계에 위치하고 있었는데, 두 산의 끝자락에 마련된 계곡을 통해 들어갈 수 있는 지형을 가졌다. 계곡이라고는 하지만 분지에 가까울 정도로 넓었는데, 묘하게도 대규모 병력으로 막아서면 통과하기가 어려운 구조다.

사람들은 이 분지를 황곡이라 불렀다.

청현자는 선두에 서서 적의 진형을 관찰한 후 깊은 한숨을 몰아쉬었다.

적들의 병력은 정보로 입수한 것보다 훨씬 많았다.

무려 이천.

황곡을 가로막은 병력의 숲을 확인한 청현자는 옆에 다가와 선 사형들을 향해 의견을 묻는 시선을 던졌다.

그러자 대뜸 청무자가 입을 열었다.

"어차피 왔으니 다른 길은 없소이다. 오늘이 장문인께서 무검제에게 약속했던 마지막 날이오. 무슨 수를 쓰든 놈들을 처단해야 하오."

"저자들의 진형이 이상해서 조금 주저되는군요. 사형들께서는 혹시 아시는 바가 있는지요?"

청현자가 천왕성이 펼쳐 놓은 진을 확인하고 무거운 얼굴을 만들었다.

묵묵하게 퍼져 나오는 죽음의 기운.

그 기운 속에 들어 있는 것은 차갑고 어두우며 무거운 살기가 분명했다.

청문자가 자신의 검을 땅에 짚으며 입을 연 것은 모든 이들의 시선이 적들이 펼쳐 놓은 진영으로 향했을 때였다.

"앞에 선 자들은 허수아비들로 보이는구려. 문제는 뒤쪽에 배치된 자들인데 칠성을 근간으로 하는 전투 진영을 마련한 것으로 보이오. 문제는 구궁이 가미되어 있는지를 지금으로써는 확인할 수 없다는 것이오. 하지만 진법의 기본은 오행과 칠성, 팔괘의 흐름이 조화되면서 무서운 위력을 펼치게 되는 것이니……."

청문자가 깊은 눈으로 적들의 진영을 짚으며 진법의 원리를 설명해 나갔다.

그는 강호에 알려지지 않았지만 어렸을 적부터 진법에 탁월한 재능을 보이며 공부해 왔기 때문에 무림에 몇 안 되는 진법의 대가 중 한 사람이었다.

청문자는 장문인인 청현자와 장로들을 향해 알아듣기 쉽도록 적들의 진형에 대해서 설명을 한 후 한숨을 들이쉬며 마지막 이야기를 꺼냈다.

"진법이 무서울수록 생문은 하나가 되오. 지금은 그 생문이 어딘지 알 수 없으나 직접 부딪치면 알아낼 수 있을 터이니 장문인께서는 너무 걱정하지 않아도 될 것이오."

"마음이 황망해선지 사형께서 진법의 대가라는 걸 잠시 잊었습니다. 사형께서 해결 방안을 마련해 주신다니 마음이 놓이는군요. 자, 그럼 이제 시작하겠습니다."

자신을 바라보는 장로들을 일별한 후 청현자가 풍운대를 향해 손짓을 했다.

공격을 시작하라는 지시였다.

언제나 공격의 선봉에는 풍운대가 선다.

막강한 무력을 장착한 풍운대가 선봉에 서게 되면 본진의 피해를 최소화할 수 있기 때문이었다.

풍운대가 치고 나가자 삼 대로 나뉘어진 점창 본진이 동시에 움직여 천왕성의 병력을 향해 돌진했다.

각 대의 전면에는 장로들과 운풍을 비롯한 운자배 무인들이 검을 들었는데, 그 기세가 거대한 산악처럼 묵직했다.

이천 대 삼백의 결전.

적들을 향해 돌진하는 흑의 전도복의 점창 본진이 마치 붉은 태양 속으로 날아가는 검은 독수리처럼 보였다.

운호는 선봉에 선 풍운대 중에서도 운상, 운여와 함께 중앙
에 섰다.

슬쩍 옆을 바라보자 얼굴이 굳어진 운상이 보였다.

놈은 망성을 떠나오면서 결국은 자신처럼 소하령을 선택
하지 못했다.

남으라고 말했다.

누가 너에 대해서 질책을 한다면 그 질책에 대한 책임은 고
스란히 내가 질 테니 너는 그저 남아서 그녀를 지키라고 말해
주었다.

하지만 운상은 슬픈 미소를 얼굴에 매달고 고개를 흔들었다.

그러면서 이렇게 말했다.

"만약 운명이라는 것이 있다면 그녀를 보호해 줄 거다. 그
러니 운호야, 그냥 가자."

얼마나 많은 고민을 했을지 짐작이 갔다.

그러면서도 길을 나선 것은 사문에 대한 충성과 평생을 같
이 살아온 사형제에 대한 의리 때문일 것이다.

전면에 선 자들의 시선이 흔들리는 것이 보였다.

하루살이처럼 살아가는 자들이란 걸 금방 알 수 있었다.

이익을 위해 목숨이 아까운 줄도 모르고 적들의 방패막이
가 되어 나선 자들이다.

마음속의 동정이 그들을 살리고 싶어 했지만 결국 운호는
검을 내리긋고 말았다.

전쟁.

인간의 본성이 깡그리 말살되고 마는 최악의 조건을 모두 갖춘 곳. 그곳에 선 자들의 이성은 언제나 분노와 살의로 바뀌고 만다.

인간 방패를 형성했던 중소 문파의 무인들과 낭인들은 점창의 힘에 의해 산산이 찢겨졌으나 끝내 도주조차 하지 못하고 전멸의 길을 걸어갔다.

뒤쪽에서 진영을 구축하고 있던 천왕성의 무리들이 그들의 도주로를 차단한 채 검을 날려왔기 때문이었다.

앞뒤로 검을 받은 그들의 선택은 헛된 죽음뿐이었다.

불과 한 시진.

팔백에 달하는 전위 병력이 몰살되는 데 걸린 시간은 불과 한 시진밖에 걸리지 않았다.

하지만 요홍의 의도대로 그 한 시진 만에 점창 무인들의 몸은 시뻘건 선혈에 젖어 번들거리고 있었다.

운호는 전위 병력이 전멸하자 곧장 천왕성의 병력이 진형을 이루고 있는 곳으로 날아가 공중으로 솟구치며 적들을 향해 일검을 날렸다.

헛되이 수많은 목숨을 죽인 원망과 분노가 담긴 일격이었다.

콰앙!

물샐틈없이 견고했던 천왕무영진의 일각이 운호의 일격에 삼 장이나 찢어졌다가 언제 그랬냐는 듯 다시 원위치로 돌아왔다.

막강한 위력임에도 조금도 진형을 허물지 못했다.

천왕무영진은 마치 살아 있는 생명처럼 꿈틀거리며 외부에서 들어온 거대한 충격을 흡수해서 소멸시켰는데, 처음부터 아무런 일조차 없었다는 듯 고요했다.

일격을 날렸던 운호가 검을 내린 채 천왕성 병력이 만들어놓은 천왕무영진을 노려보았다.

무려 천에 달하는 병력이 만들어놓은 병진은 청문자가 말한 것처럼 칠성의 방위를 점하고 있었는데, 그 속에서 오행과 팔괘의 조화가 숨어 있어 신비로운 기운을 뿜어내는 중이었다.

병진이 열리고 붉은 전포에 황금색 투구를 쓴 요홍이 나타난 것은 운호가 다시 공격을 하기 위해 검을 치켜들었을 때였다.

"네가 마검이냐?"

"그렇다. 너는?"

"요홍. 남부 전선을 맡고 있는 총사령이 바로 나다."

"내가 제대로 찾아왔구나."

"무슨 뜻이냐?"

"네 목을 따라는 명을 받았기 때문에 한 말이었다."

"가소로운 놈. 네 눈에는 이 병진이 눈에 보이지 않는 모양이구나. 어디 해보거라."

"웃기는 소리 하지 말고 나선 이유나 말해. 갑자기 나타나서 멋있는 척하니까 헷갈리잖아."

"크크. 천하를 들었다 놨다 한다는 마검의 얼굴이 보고 싶어서 나온 것뿐이다. 이제 봤으니 되었다."

"그냥 갈 생각이냐?"

"가소로운 놈. 네 눈앞에 있는 천왕무영진을 깨고 들어오면 그때 네 숨통을 끊어주마."

요홍이 진 속으로 숨어버리자 잠시 열렸던 천왕무영진이 굳게 닫혔다.

한번 닫히자 물 샐 틈조차 보이지 않는 기막이 펼쳐지며 황곡이 전부 가로막혔다.

청문자의 입이 열린 것은 요홍의 모습이 사라졌을 때였다.

"장문인께서는 여기에 잠시 계시오."

"어쩌시려고요."

"저 병진은 많은 수가 들어간다고 해서 깨뜨릴 수 있는 것이 아니오. 내가 풍운대를 이끌고 생문을 넓혀놓겠소. 장문인께서는 사형들과 함께 중앙의 구궁문이 깨지면 그때 진격해 주시오."

"괜찮겠습니까?"

"가공할 위력을 가진 진법일수록 원리를 알면 간단하게 파훼되는 약점이 있소. 나는 저 진법도 그 범위에서 벗어나지 않을 것이라 생각하오."

"얼마나 걸리겠습니까?"

"이각이면 충분할 것이오."

"만약에 이각이 지나도 안 된다면 어쩌면 좋겠습니까?"

"그렇다면 제자들을 뒤로 물리시오. 저 진법은 강력한 적을 막기 위한 방어진이니 후퇴를 해서 다시 기회를 보시는 것이 좋겠소."

"사형은 어쩌시고요?"

"정 파훼가 어려우면 생문을 통해서 빠져나갈 생각이오. 우리는 다시 이쪽으로 건너오지 않을 것이니 기다리지 않아도 되오."

"그러다가 협공을 당할 수도 있습니다."

"나와 풍운대는 충분히 몸을 뺄 수 있는 능력이 있으니 너무 걱정하지 마시오."

"음… 알겠습니다."

어쩔 수 없다는 듯 청현자가 가벼운 신음 소리와 함께 고개를 끄덕였다.

지금으로써는 다른 방법이 보이지 않았다.

워낙 강력한 병진이었으니 함부로 병력을 움직이는 것은 하책 중의 하책이었지만 그는 청문자가 내보인 자신감에 그저 고개를 끄덕이고 말았다.

청문자는 본진에서 빠져나와 선두에 서 있던 풍운대 쪽으로 다가왔다.

그런 후 운곡의 옆에 섰는데 그의 음성은 작았어도 풍운대 전체가 알아들을 수 있도록 또렷하게 흘러나왔다.

"지금부터 너희들은 내 뒤를 따라 저 진법으로 들어간다. 너희들이 할 일은 간단하다. 개진이 되는 순간 내가 뚫는 생문을 확장하는 일이다."

"알겠습니다."

"생문을 찾아내서 중앙까지 들어가면 구궁의 중심을 장악하고 본진이 들어오길 기다릴 것이다. 그러니 너희들은 최선을 다해 적들의 공격을 차단해야 된다."

"예, 사숙. 최선을 다하겠나이다."

동시에 대답을 마친 풍운대가 거대한 병진을 바라보며 긴장된 눈으로 검을 들었다.

청문자의 뜻은 간단한 것이었다.

병진의 중심을 장악해서 움직임을 멈추게 만들어 난전으로 변환시키겠다는 생각이다.

그것은 구궁의 중심에서 적들의 수뇌부와 싸워야 한다는 건데, 그리되면 풍운대는 커다란 위험에 직면할 수 있었다.

병진의 압박과 절대고수들의 합공을 본진이 올 때까지 막아낸다는 것은 목숨을 걸어야 할 정도로 위험한 것이었다.

그러나 그런 위협도 풍운대의 얼굴에서 두려움을 만들어내지 못했다.

청문자는 풍운대를 이끌고 칠성의 꼬리에 해당하는 현문을 향해 날아갔다.

운호가 검을 빼 들고 회풍의 멸자결을 때려낸 중앙보다 한참 좌방으로 떨어진 곳이었는데, 청문자의 검에서 검기의 물결이 파생되며 뻗어나가자 어이없게도 병진이 충격을 받으며 비틀거렸다.

운호의 강력한 일격에도 끄떡없던 천왕무영진은 청문자가 펼친 분광에 셋이 나가떨어지며 균열이 만들어졌다.

그 속을 청문자는 거침없이 파고들었다.

천왕무영진으로 들어서자 숨이 막힐 것만 같은 압력이 생성되며 천지사방에서 병기가 쏟아져 들어왔다.

모든 방위를 완벽하게 차단하고 날아온 병기들은 하나같이 치명적인 살기를 담고 있었는데, 아무리 튕겨내도 끝도 없이 재생산되며 일행을 난도질할 것처럼 찔러왔다.

선두에 선 청문자는 그런 공격을 튕겨내기만 할 뿐 걸음을 멈추지 않았다.

전삼보, 우삼보, 후일보, 좌일보…

빠르지도 않았으나 그렇다고 느린 것도 아니었다.

정말 이상한 것은 그토록 강력한 공격에도 일행의 신형이 조금씩 중앙을 향해 움직이고 있다는 것이었다.

하지만 중앙으로 다가설수록 더욱 강력한 공격들이 몰아치기 시작했다.

산이 움직이고 대해가 밀려왔다.

인간에 의해 만들어진 압력이라고 볼 수 없는 기세와 기운은 청문자와 풍운대의 온몸을 핏물에 젖게 만들 정도로 무서웠다.

그럼에도 청문자는 눈 하나 깜박하지 않고 이상한 보법을 펼치며 끝없이 전진해서 결국 중앙에 도착했다.

그가 진으로 들어오기 전에 풍운대에게 말했던 구궁의 중심이었다.

중앙에 들어선 청문자는 그동안의 움직임과는 다르게 분광과 회풍을 번갈아 펼쳐 냈는데, 한눈에 봐도 전력을 다하는 것으로 보였다.

청문자의 공격을 확인한 운호가 범위를 확장시키며 좌측으로 움직이자 그 뒤로 운곡과 운검이 따라왔고 반대쪽 우방으로는 운상과 운여, 그리고 나머지 풍운대가 치고 나갔다.

구궁의 중심에서 진의 변화를 관장하는 병력은 겨우 오십에 불과했으나 그들의 기세는 산처럼 장중하고 무거워 절대 움직일 수 없을 것처럼 여겨졌다.

그 오십 명 안에는 요홍과 천왕삼공, 그리고 천왕칠절 등 각 전대를 이끄는 수장들을 제외한 남부 정벌군의 최절정무인들이 모두 모여 있었다.

그들이 펼친 방진 또한 또 다른 천왕무영진이었다.

칠성과 오행의 방위를 점유한 채 기묘한 형태로 진을 구축한 그들의 방진은 청문자와 풍운대의 공격을 튕겨낸 채 완강하게 버텼는데, 뒤쪽에서 무영대진이 압박해 왔기 때문에 완벽하게 포위를 당한 형국이었다.

치열한 전투.

거대한 병력과 절대적 무력으로 버티는 천왕무영진 속에서 청문자와 풍운대의 몸에는 수없이 많은 상처가 생겨났다.

청문자의 시선이 흔들렸다.

나름대로 진법에 자신이 있었고 구궁의 중심을 깨뜨리면 모든 사문이 파괴될 거라 생각했는데 막상 중문이 완강하게 버티자 오히려 모든 방위가 사문으로 변해 목숨이 위태로워졌다.

천왕무영진.

요홍이 자신할 만큼 대단한 방진이었다.

진 속에 또 다른 소진을 두었고 그 소진에 절대고수들을 배치함으로써 어떠한 흔들림에도 버틸 수 있는 힘을 마련했으니 이 진을 깬다는 것은 불가능에 가깝게 여겨졌다.

자신과 풍운대의 무력이라면 어떠한 문파도 상대할 수 있을 만큼 강력한 위력을 지녔다.

절대고수의 숫자만 해도 다섯이고 나머지도 절대의 경지의 근접했으니 구궁의 중심에 선 자들과 정면으로 붙어도 충분히 해볼 만한 전력이었다.

하지만 문제는 역시 소진과 대진의 조화였다.

소진을 공격할 때 뒤쪽에서 거대한 압력으로 밀어붙이는 대진의 공격에 그들은 소진을 제대로 공략할 수 없었다.

하긴 무영대진이 없었어도 무영소진조차 감당하기 어려웠

을 거란 판단이 들었다.

무영소진을 구성하고 있는 무인들의 면면은 핵심 방위에 절대고수들이 배치되어 있었고 나머지도 초절정고수들로 채워져 난공불락처럼 여겨졌다.

무영소진을 깨지 못한다면 자신과 풍운대의 목숨은 바람 앞의 등불이나 다름없었다.

이를 악물고 공격하던 청문자가 입술을 깨물며 후회를 했다.

괜한 자신감 때문에 풍운대를 모두 잃을지도 모른다는 두려움이 몰려오자 그는 가슴이 터질 듯한 괴로움에 사로잡혔다.

그때 좌측을 공략하기 위해 빠져나갔던 운호의 몸이 허공으로 솟구치는 것이 보였다.

아……!

방진에 갇힌 자가 몸을 허공으로 부유시킨다는 것은 자살 행위나 다름없는 짓이었다.

그랬기에 청문자는 자신도 모르게 신음을 터뜨렸는데, 갑자기 공간이 반으로 쪼개지며 무영소진의 일각이 부서져 버렸다.

너무 기가 막혀 말도 나오지 않았다.

공간참(空間斬). 바로 후예사일의 마지막 초식이다.

그토록 노력했고 참오했던 초식이 운호의 검에서 쏟아져 나오자 청문자는 몸을 부르르 떨며 눈을 부릅떴다.

허상이었다 해도 놀랄 지경인데 운호의 검은 실제 공간을 반으로 잘라놓은 채 무영소진을 구성하고 있던 여덟 명의 무인을 한꺼번에 날려 버렸다.

완벽한 후예사일이다.

운호는 거기서 그치지 않고 다시 한 번 몸을 날려 공중으로 솟구쳤다.

이미 무영소진은 깨져 버렸으나 운호는 불타는 시선으로 적들을 바라보며 또다시 공간을 잘라 버렸다.

그 공격에 아홉 명이 진영에서 이탈하면서 처참하게 변한 채 외곽으로 날아가자 그나마 버티던 무영소진은 완전하게 찢어져 구궁의 중심이 깨졌다.

운호가 괴력을 발휘하기 시작한 것은 그때부터였다.

무영소진을 구성한 채 진을 지휘하던 자들이 진을 풀고 청문자와 풍운대를 향해 협공을 가해오자 운호는 몸을 돌려 무영대진을 휩쓸기 시작했다.

구궁의 중심이 깨졌기 때문에 본진의 진격을 돕기 위함이었다.

아무리 강한 자들이라도 무영대진만 안에서 휘젓는다면 청문 사숙과 풍운대는 본진이 올 때까지 충분히 버틸 수 있다는 판단이었다.

운호의 움직임은 그야말로 폭풍과 같았다.

그는 구궁의 중심이 깨져서 움직임이 원활치 못한 무영대진의 곳곳을 누비며 방진을 완전하게 박살 내고 있었는데, 가는 곳마다 시체가 산이 되어 쌓일 지경이었다.

자신이 흘린 피와 적의 피가 하나가 되어 빗물처럼 흘러내렸다.

역겨운 피비린내가 온몸에서 풍겨 나왔으나 운호는 오직 남아 있는 적들을 향해 돌진할 뿐이었다.

운호는 삼십 장 앞에서 질풍처럼 적들을 쓰러뜨리며 전진하고 있는 점창 본진을 확인하자 가차 없이 몸을 돌려 다시 구궁의 중심으로 돌아갔다.

이제 무영대진은 본진에게 맡기고 청문자와 풍운대를 지원하기 위해서였다.

여전히 구궁의 중심에서는 치열한 접전이 펼쳐지고 있었다.

요홍은 붉은 옷의 괴인들과 함께 청문자를 공격하는 중이었고 삼공은 운여와 못다 한 승부를 벌이며 치열한 접전을 펼치는 중이었다.

문제는 운상이 청색 전포를 입은 일곱 명의 검객들에게 둘러싸여 고전을 하는 중이었고 나머지 풍운대가 적들에게 포위되어 힘겨운 전투를 벌인다는 것이었다.

워낙 많은 초절정고수들의 합공이었기 때문에 원형을 구축한 채 버티고 있었으나 운검을 비롯한 풍운대의 몰골은 말이 아니었다.

그들의 몸도 운호처럼 핏물에 잠겨 혈인으로 변해 있었다.

돌아온 운호는 잠시의 망설임도 없이 풍운대를 둘러싼 채 공격을 하고 있는 적들을 향해 검기를 난사했다.

막는다고 막을 수 없는 공격.

십제를 넘어선 마검의 공격은 그들이 방어한다고 해서 막아지는 게 아니었다.

일격에 두셋씩 퍽퍽 나가떨어지자 풍운대를 에워쌌던 포위망이 금방 찢겨졌다.

쓰러져 가는 적들의 눈망울 속에는 슬픔이 가득 들어 있었으나 운호는 이를 악물고 연민을 가슴속으로 숨겨 버린 채 가차 없이 검을 휘둘렀다.

피가 튀는 전장.

누가 누구를 향해 동정의 시선을 보낼 수 있단 말인가.

운호의 검에 의해 무려 스물에 달하는 자들이 쓰러지자 풍운대는 나머지 자들을 처리한 후 본진을 돕기 위해 무영대진의 외곽을 향해 질주해 나갔다.

운호는 잠시 망설이다가 청문자를 공격하는 자들을 향해 날아갔다.

굳건히 버티고 있었으나 청문자는 적들의 공격에 의해 서서히 밀리고 있는 중이었다.

청문자의 자존심을 생각한다면 끼어들지 않는 것이 맞았으나 운호는 이번에도 가차 없이 적들의 등판을 향해 검을 내밀었다.

요홍과 함께 공격을 했던 세 명의 붉은 전포 괴인들이 운호의 공격을 받고 비틀거리며 전권에서 이탈했다.

워낙 강력한 기습 공격에 그들은 운호의 회풍을 막아내지 못하고 팔다리가 잘린 채 핏물이 잔뜩 고인 땅바닥을 설설 기었다.

목숨은 부지했으나 살아도 산 몸이 아니었다.

질풍(疾風).

적들을 향해 날아가는 운호의 몸은 질풍처럼 움직였다.

그는 곧바로 운상을 공격하고 있는 청색 전포 무인들을 향해 날아가며 분광을 터뜨렸다.

내공이 오기조원에 이른 그의 분광은 투명해질 대로 투명해져 거의 눈에 보이지 않을 지경이었지만 청색 전포 무인들은 분분히 몸을 날려 반격을 해왔다.

강한 무력.

이 정도의 반응속도를 보인다는 건 절대의 경지에 근접한 자들이란 뜻이다.

그걸 증명하듯 운상은 그들의 공격을 홀로 받아내느라 전신에 상처가 그득했다.

운호의 검이 하늘을 날아 움직인 것은 포위망에서 벗어난 운상이 그동안의 분풀이를 하듯 적들을 향해 반월형의 검기를 난사하며 돌진할 때였다.

검이 살아서 움직였다.

공간을 넘어 날아간 흑룡검은 마치 살아 있기라도 한 것처럼 적들을 향해 검기를 난사한 후 운호의 손으로 돌아왔다.

운호를 상대하기 위해 접근했던 청색 전포 무인들이 그 공격으로 일 장이나 튕겨져 나갔다.

그들의 전신은 검기에 당해 벌집처럼 변해 있었는데, 곳곳에 치명상을 입어 움직이는 게 쉬워 보이지 않았다.

운호는 기다리지 않고 곧장 그들을 향해 돌진하며 회풍을 펼쳤다.

전쟁에서 서툰 자비는 오히려 상대에게 더 커다란 고통과 절망을 주는 법이다.

그랬기에 운호는 금방 적들의 숨통을 끊어냈고, 방어선을 펼치는 천왕성의 병력을 향해 지체 없이 날아갔다.

점창 본진은 삼 대로 나뉘어 움직이고 있었는데, 청무자와 청면자, 청우자가 각기 백 명씩 갈라 적진을 헤집고 있었다.

천왕무영진이 무너졌고 수뇌부를 상당수 잃어버렸음에도 천왕성의 병력은 곳곳에 방어선을 형성하며 맞서 싸웠으나 점창 본진의 힘은 순식간에 방어선을 돌파하며 파죽지세로 움직였다.

본진의 위력도 막강했지만 그 이면에는 운호를 비롯한 풍운대의 힘이 컸다.

운상과 운여도 어느새 적들을 해치우고 방어선을 펼치는 적들의 후위를 공격했기 때문에 점창 본진은 손쉽게 적들을 제압하며 돌진을 거듭할 수 있었다.

피가 강이 되어 흘렀고 눈을 감지 못한 채 죽어간 시신들이 산이 되어 쌓일 때 그토록 치열했던 전투는 청문자가 요홍의 가슴에 검을 꽂으면서 서서히 끝이 났다.

언제나처럼 붉은 노을이 하늘을 채웠고 태양이 마지막 몸부림을 치며 구름 속으로 잠겨들 때였다.

정벌군의 총사령인 요홍이 버틴 신화가 무너지면서 남부 전선은 순식간에 전세가 역전되었다.

망성에서 벗어나 반격을 펼치다가 잠시 주춤거렸던 무림맹은 점창이 신화를 탈환했다는 소식이 전해지자 총공격을 감행했다.

천왕성의 남부 정벌군은 신화가 무너졌음에도 쉽게 밀리지 않고 무림맹과 치열한 접전을 벌였다.

하지만 전열을 가다듬은 점창이 전선에 투입되면서 전쟁은 무림맹 쪽으로 급격히 기울기 시작했다.

점창이 가는 곳마다 천왕성의 병력들은 전멸을 면치 못했으니 그들에게 점창은 사신이나 다름없을 정도였다.

루저(婁底)와 남악(南岳)에서 적들의 주력을 격파한 무림맹이 마지막 남은 상덕으로 이동하기 시작한 것은 점창이 신화를 무너뜨린 후 칠 일 만의 일이었다.

오천이었던 병력은 칠 일간의 치열한 전투로 삼천오백으로 줄었지만 승리로 인해 그들의 사기는 하늘을 찌를 지경이었다.

상덕에는 신마맹과 철기맹, 죽련 연합이 천검회와 천문, 수라맹과 일진일퇴의 공방전을 펼치고 있었는데, 두 진형 모두 천혜의 지형을 기반으로 해서 싸웠기 때문에 쉽게 결판이 나지 않았다.

두 집단 모두 거의 삼천의 병력으로 맞서 상덕 일대는 무인들로 가득한 상태였다.

점창과 모산파가 주축이 된 남부 무림맹 병력이 운문산의 뒤쪽으로 집결한 것은 남악을 출발하고 이틀 만의 일이었다.

"그들은 도착했느냐?"

"예, 주군."

"방법은?"

천검회의 주인 화검제가 묻자 천왕삼뇌 중의 일인인 화문탁의 얼굴에 희미한 미소가 생겨났다.

그 미소에 든 것은 자신감보다 자괴감이었다.

"후퇴하는 것이 일 번이요, 두 번째는 천혜의 지형인 이곳에서 마지막까지 싸우는 것입니다."

"둘 다 마음에 들지 않는구나."

"저는 큰 것을 볼 줄 아오나 오로지 힘으로 부딪쳐야 되는 상황에 닥치면 별로 할 일이 없는 사람이올시다."

"무슨 뜻이냐?"

"주군, 일단 여기를 벗어나 중부군과 합류하시는 게 좋을 것 같습니다. 적들의 세력은 홀로 감당할 수 없을 정도니 그리하시지요."

"모든 게 내 욕심 때문인 것 같아 마음이 좋지 않구나. 요홍이 총사를 원할 때 주지 않은 것이 후회될 뿐이다."

"제가 총사령 옆에 있었다면 당연히 상황은 달라졌을 것입니다. 하지만 결과는 바뀌지 않았을 것 같군요. 무인들의 전쟁에서 절대 무력을 가진 자들의 출현은 저 같은 문사들을 절망시키기 때문입니다. 전략과 전술은 비슷한 무력이 선행될 때 빛을 발하는 것이지, 싸움조차 의미가 없어질 정도가 된다면 저 같은 사람의 머리는 그다지 쓸모 있지 않을 것이니 말입니다."

"그래서 아쉽다는 것이다. 총사가 요홍에게 가 있었더라면 점창이 참전하기 전에 이 전쟁을 끝낼 수도 있었지 않겠느냐."

"이미 지나간 일은 후회하는 것이 아니라고 했습니다. 주군, 저에게 다시 한 번 기회를 주시지요. 일단 후퇴해서 남부군과 합류를 한다면 이기지는 못한다 하더라도 소천께서 북부 무림을 병탄할 때까지 놈들을 막아낼 수 있습니다."

화문탁이 간절한 시선으로 화검제를 바라보았다.

남부 정벌군 중 남은 병력은 그들 삼천이 전부였다.

더군다나 고수들의 숫자도 무림맹 쪽에 비해 부족했기 때문에 싸움이 벌어진다면 전멸을 면치 못할 것이다.

그랬기에 화검제를 바라보는 그의 눈길은 간절할 수밖에 없었다.

사지를 벗어나 중부군 쪽으로 움직일 수만 있다면 다시 한 번 기회를 만들 수 있을 것이다.

하지만 화검제는 그의 간절한 시선을 쓴웃음으로 가볍게 피해 버렸다.

예상하고 있었던 일이지만 막상 화검제가 그리 나오자 간절하게 바라보았던 시선이 허탈하게 변했다.

화검제가 거부할 걸 뻔히 알면서도 그리 말했던 건 주군을 살리고자 하는 자신의 마음 때문이었다.

"문탁아."

"예… 주군."

아주 어렸을 적 자신을 아끼며 사랑했을 때 불러주던 이름.

머리가 크고 일가를 이룬 이후에는 언제나 총사라 부르던 화검제가 자신의 이름을 부르자 화문탁의 눈에서 스르륵 눈물이 배어 나왔다.

그를 바라보는 화검제의 시선은 더없이 따뜻해서 마치 아버지의 눈길처럼 느껴졌다.

"무인으로 천하를 바라보며 사십 년 동안 강호를 질주했다. 대계를 위해 천왕성을 나온 것이 내 나이 스물다섯의 일이었으니 참으로 오래도 걸렸구나."

"…주군."

"남부 정벌군이 모두 전멸하고 우리만 남았다. 그런데 내가 무슨 낯으로 도망을 칠 수 있단 말이냐. 나는 평생을 무인으로 살아왔고 무인으로 죽고자 했다. 내가 거두고 키웠던 아이들도 분명 나와 같은 뜻일 테니 나에게는 아무런 걱정이 없구나."

"주군……."

"하나 너는 다르다. 너는 무공을 모르는 사람이니까 여기 남을 이유가 없다. 산을 내려가라. 내려가 중부군으로 가서 삼군을 도와 후일을 도모하라."

"저는 주군의 사람입니다. 주군과 삶과 죽음을 같이 하기를 오래전부터 소원해 왔습니다. 부디 그런 말씀은 거두시지요."

"문탁아!"

"제가 무인은 아니나 기백만큼은 무인 못지않습니다. 주군 옆에서 끝까지 자리를 지키는 게 제 소망이올시다."

무검제의 서신을 받은 상덕의 무림맹 세력이 운문산의 정면에 도착한 것은 모산파의 본진이 배후에 도착한 지 한나절 만이었다.

적들의 의도는 분명했고 간결했다.

운문산의 험악한 지형을 배경 삼아 끝까지 싸울 생각이다.

천왕성이 옥쇄 작전으로 나오자 무림맹 수뇌부의 머리가 지끈지끈 아파왔다.

적들의 병력은 무림맹에 비해 적지만 그래도 삼천에 이를 만큼 대군이다.

주요 고지를 장악하고 방어 전선을 구축한다면 무림맹은 커다란 손실을 볼 수밖에 없었다.

그랬기에 수장들은 모산파의 전막에 모여 머리를 맞댄 채 고민을 거듭했다.

무검제가 무겁게 입을 연 것은 수장들이 저마다의 의견을 한동안 주고받은 후였다.

"모든 의견을 잘 들었소. 각론을 모두 쳐 내고 큰 줄기로 종합해 보면 결국 여러분의 의견은 두 가지로 집약이 되오. 하나는 적들을 고립시켜 스스로 내려오도록 만드는 것과 둘째는 피해를 보더라도 정면공격을 시행하자는 것이오. 그러나 여러분도 잘 아시겠지만 첫 번째 의견은 절대 선택할 수 없소이다."

"그건 왜 그렇소?"

그동안 줄기차게 적을 고사시키자는 주장을 했던 철기맹주가 눈을 부릅뜬 채 되물었다.

간단하게 자신의 의견을 묵살하는 무검제의 태도가 마음에 들지 않는 얼굴이었다.

하지만 무검제는 그의 시선을 고스란히 받아들이며 다시 입을 열었다.

"북부 무림의 전황이 하루가 다르게 나빠지고 있소이다.

우리는 하루라도 빨리 남부 전선을 정리하고 하남으로 가야
하오."

"지금 이 전쟁은 하루 이틀 사이에 끝나는 것이 아니오. 천
혜의 요새에 틀어박혀 방어에 집중하는 적을 친다면 무림맹
은 절반 이상 피해를 보게 될 것이오. 만약 그리된다면 저자
들을 이긴다 해도 무슨 소용이 있겠소. 북부 무림이 위험하다
는 걸 알지만 우리 전력이 만신창이가 된 후엔 아무런 소용이
없다는 걸 왜 모르시오!"

"그렇다고 해서 언제까지 기다린단 말이오. 우리에겐 시간
이 없소이다!"

철기맹주와 무검제가 팽팽하게 맞서자 좌중이 침묵 속으
로 빠져들었다.

두 사람의 의견이 모두 일리가 있기 때문이었다.

그때 지금까지 한마디도 하지 않던 청현자가 두 사람의 대
치를 깨고 불쑥 입을 열었다.

"우리는 운문산을 공격하면 안 되오."

"무슨 말씀이오!"

철기맹주를 노려보던 무검제의 얼굴이 순식간에 일그러졌
다.

다른 사람도 아니고 점창 수장인 청현자의 말이었기 때문
이었다.

명목상으로 아직까지 자신이 남부 무림맹의 맹주 노릇을

하고 있지만 모든 힘의 균형은 이미 청현자에게 쏠려 있었다.

대적불가의 무력으로 남부 전선을 휩쓴 점창은 경이의 대상이 된 지 오래였다.

"철기맹주의 말씀처럼 지금 운문산을 공격하면 너무 큰 피해를 입게 되오."

"장문인, 우리에게 시간이 없다는 걸 잊으셨소!"

"그 시간을 찾기 위함이오. 우리의 목적은 천왕성의 야욕을 깨뜨리고 무림 정의를 수호하는 것이오. 굳이 고슴도치처럼 웅크리고 있는 저자들을 공격해서 전력을 소비하느니 곧장 중부 무림으로 진출하는 것이 더 바람직하오."

"어허!"

"우리가 떠나면 저들은 이곳을 지키지 못하오. 아니, 지킬 이유가 없어지기 때문에 자연스럽게 방어선을 풀고 내려올 수밖에 없소."

청현자의 설명에 무검제는 물론이고 아직까지 눈을 부릅뜨고 있던 철기맹주와 좌중의 수장들이 모두 무릎을 치며 탄성을 터뜨렸다.

당장 눈앞에 있는 적만 의식하다 보니 시야가 잔뜩 좁아졌었는데 청현자는 전혀 예상치 못했던 전술을 꺼내어 수장들을 개안시켰다.

그랬기에 무검제는 일그러뜨렸던 얼굴을 펴고 정중하게 청현자를 향해 허리를 숙였다.

"참으로 좋은 생각이시오. 장문인께서 이런 안을 주시지 않았더라면 우리는 참으로 어리석은 선택을 할 뻔했소이다. 정말 감사하오."

"나에게 감사할 일이 아니오. 우리는 하루라도 빨리 북부 무림으로 가야 하오. 북부 무림이 무너지면 우린 상상하기도 어려울 정도의 힘든 싸움을 해야 될 것이오."

청현자의 제안을 받아들인 무검제는 즉시 전막을 걷고 모든 병력을 이끈 채 북진하기 시작했다.

남부 무림맹의 병력은 모두 합해 육천칠백이었는데, 상덕에서 벗어나 호북으로 들어가는 데 걸린 시간은 불과 오 일밖에 걸리지 않았다.

상덕은 남부 전선 중에서도 최북단에 위치했었기 때문에 호북의 경계선까지는 삼백 리도 떨어져 있지 않았다.

그 짧은 순간에 무림은 남부 무림맹이 만들어낸 기적 같은 승리 소식이 퍼지며 환호에 사로잡혔다.

그동안 밀리던 전선이 점창의 참전으로 순식간에 전세가 역전되어 정벌군을 전멸시켰다는 소문은 바람을 타고 빠르게 천하로 퍼져 나갔다.

막강 무력의 점창.

불과 삼백의 병력으로 남부 전선을 초토화시켜 버린 점창의 무력에 천하는 경악 속으로 빠져들었다.

혼돈의 무림.

그 무렵의 판도를 완벽하게 뒤바꿔 버리는 태풍의 눈, 점창.

그들이 행보가 호북으로 향한다는 소식이 전해지자 치열한 전투가 벌어지던 중부 전선이 순식간에 소강상태로 변했다.

그동안 천왕성 측에 붙어서 싸움을 했던 낭인들과 중소 문파 무인들이 전선을 이탈하면서 전선을 혼란 속으로 빠뜨렸기 때문이었다.

그들 역시 싸움의 흐름을 명확히 알고 있었다.

남부 전선이 무림맹의 승리로 끝났다는 것은 중부 전선을 공략하던 천왕성의 병력이 위험에 처했다는 것을 알려주는 것이었다.

힘의 균형이 깨진 전쟁은 언제나 죽음밖에 남지 않기 때문에 이익을 위해 전쟁에 참여했던 낭인들과 중소 문파 무인들은 전 전선에서 급격하게 이탈해서 무림맹 쪽에 투항을 했다.

참으로 어처구니없는 결과였으나 한편으로는 충분히 예측 가능한 일이기도 했다.

신념을 가지고 싸우는 무인은 전쟁의 양상과 상관없이 목숨을 바치나 이익 때문에 싸우는 자는 목숨이 위태로우면 언제든 행동을 바꾼다.

거의 일만에 가까웠던 천왕성의 중부 정벌군은 불과 칠 일만에 삼천으로 줄어들었다.

기존에 무림에 둥지를 틀었던 예하 세력을 휘하에 두지 않았던 중부 정벌군은 천왕십일전만 끌고 내려왔기 때문에 처음부터 병력이 많지 않았다.

그것은 중부 무림맹의 전력이 그만큼 약했던 것도 큰 이유였다.

중부 전선을 고착화시키고 북부 무림과 남부 무림을 병탄시키면 대계가 완성될 것이라는 설운호의 전략이 그런 결과를 끌어냈었다.

하지만 남부 무림맹 병력과 중부 무림맹 병력이 합쳐진 대군이 압박해 오자 남부 정벌군을 이끌고 있던 요량과 요명은 고심에 고심을 거듭한 후 전면전을 피하고 자신들의 본진이 있는 하남으로 이동했다.

그것은 뒤늦게 운문산을 내려온 천검회와 천문, 수라맹의 삼천 병력도 마찬가지였다.

그들은 남부 무림맹이 떠났다는 것을 알자 급히 진형을 거두고 엄청난 속도로 중부 전선으로 이동하다가 요량의 휘하로 들어갔다.

중원 전체를 아우르던 전쟁은 양상이 바뀌며 하남으로 집중되기 시작했다.

전쟁에 참여했던 전 병력이 하남으로 몰려들었기 때문에 북부 무림을 압박하던 천왕성의 본진은 공격을 중단하고 여남(汝南)으로 물러서서 전열을 정비했다.

마지막 승부.

양 진영은 천하를 둔 한판 승부를 위해 전 병력을 집결시킨 채 서서히 서평(西平)을 향해 나아갔다.

서평(西平).

끝없이 펼쳐진 벌판.

서평은 하남에서 가장 큰 평야 지대로 그 옛날 조조의 백만 대군이 야영을 했다고 알려진 곳이기도 했다.

7장

무너지는 천왕의 꿈

　점창이 가장 마지막으로 황현에 들어섰을 때 무림맹의 무인들은 그들을 보기 위해 벌 떼같이 몰려들었다.

　천하통일전의 전황을 스스로의 힘으로 바꿔 버린 점창의 힘은 무림맹에 소속된 무인들뿐만 아니라 중원천하인들에게 경외의 대상이 된 지 오래였다.

　점창이 가장 늦게 황현으로 들어선 것은 적들의 후미 기습을 막아주기 위한 청현자의 결정 때문이었다.

　남부와 중부 무림맹의 무인들이 합쳐지자 거의 만오천에 달했으나 그들 대부분은 계속되는 전쟁에 지쳐 전력이 크게 약화된 상태였기에 청현자는 점창을 뒤로 돌려 후미의 위협을 차단했다.

황현은 북부 전선 중에서도 가장 남쪽에 위치했고 무당과 청성, 공동파가 맡은 곳이기도 했다.

그들의 삼천 병력과 밑에서 올라온 지원군이 합쳐지자 거의 이만에 달하는 대군이 황현에 집결했는데, 그들은 점창이 마지막으로 들어오자 구름처럼 운집해서 환호성을 보내주었다.

점창이 전막을 치고 자리를 잡자 무당의 장문인을 비롯해서 청성의 만궁자 등 무림맹 소속의 문파 수장들이 청현자의 전막에 몰려들었다.

중부 무림맹주는 남궁세가의 가주인 창천검이 맡았고 남부 무림맹주는 모산파의 무검제였으나 수장들은 당연한 듯 청현자의 전막에 몰려들어 향후에 벌어질 일들에 대해서 논의했다.

강호무림의 역사는 언제나 힘에 의해 좌우되었기 때문이었다.

아무도 공식적으로 점창에 대해서 입을 열지 않았으나 청현자는 그들의 손에 의해 암묵적으로 실질적인 무림맹주 역할을 하기 시작했다.

그들은 안다.

마지막 결전에서 점창이 어떤 활약을 펼쳐 주느냐에 따라 승패가 결정된다는 사실을…

마풍에서 진을 치고 있던 소림 장문인이자 공식적인 무림

맹주인 뇌인 대사로부터 전서가 날아온 것은 수장들의 회의
가 막바지로 치닫고 있을 때였다.

그에게서 날아온 전서의 내용은 모든 병력을 서평(西平)으
로 이동시켜 달라는 것이었다.

청현자는 그의 서신을 보고 고개를 끄덕였다.

전막에 모인 수장들이 내놓은 최종 결론과 크게 다를 바가
없었기 때문이었다.

여남(汝南)으로 물러선 적을 압박하기 위해서는 무조건 서
평을 점령해야 했는데, 서평을 접수하면 천왕성은 후퇴해서
섬서로 물러날 수밖에 없다.

하지만 무림맹의 생각은 적들을 물러나게 만들기 위해서
가 아니라 서평에서 마지막 일전을 겨루겠다는 것이었다.

적들이 결심을 굳히면 서평은 이제 천하통일전의 마지막
결전장으로 변하게 된다.

비세에 몰린 적들이 후퇴를 하지 않는다면 말이다.

운호는 점심을 먹고 황현을 감싸듯 생성된 구릉지로 올라
가 멀리 바라보이는 풍모들을 바라보았다.

바람에 의해 흔들리는 갈대밭이 마치 한 폭의 구름처럼 보
일 지경이다.

구릉을 훑자 온통 핏자국으로 가득 차 있었다.

북부 무림맹은 이곳을 방어선으로 삼고 적과 치열한 전투
를 벌인 것이 분명했다.

아름다운 광경에 가슴이 뛰었다.

이제 이곳을 내려가면 보고 싶은 한설아를 찾아갈 것이다.

청성은 점창이 머무른 곳에서 불과 십 리 정도 떨어진 곳에 있었기 때문에 금방 찾을 수 있을 것 같았다.

당장 달려가지 못한 것은 아직 수장 회의가 끝나지 않았기 때문이었다.

중요한 일전을 앞에 두고 수장 회의의 결과를 확인하지 못한 상태에서 연인을 찾아간다면 많은 사람이 자신의 행동을 탓할지도 몰랐다.

마검은 그만한 지위를 지닌 사람이었다.

알게 모르게 사람들의 입에서 현존 천하제일고수의 위치에 오르내린 것이 벌써 한 달이 넘었다.

그랬으니 언제나 그의 행동과 위치는 초미의 관심을 끌기에 충분했다.

흠칫.

벌판에서 시선을 떼고 몸을 돌릴 때 의외의 인물이 허공을 격하고 날아오는 것이 보였다.

회색의 전도복, 무당의 태악검 무상이다.

무상은 운호의 전면 삼 장에서 우아하게 몸을 뒤집으며 깃털처럼 내려앉았는데, 마치 제비가 공중에서 유영하는 것처럼 아름다웠다.

"오랜만이오?"

"무당의 무상이 마겁을 뵈오."

무상의 입에서 정중한 음성이 흘러나왔고 더불어 허리까지 깊이 숙여졌다.

최상의 예를 보인 무상을 향해 운호가 얼떨결에 비슷한 인사를 했다.

예전에 만났을 때와는 비교조차 되지 않을 정도로 과분한 인사였기에 운호는 허리를 펴고도 얼굴이 슬쩍 굳어졌다.

"나를 찾아오셨소?"

"그렇습니다. 수장 회의에 장문인을 모시고 왔다가 마겁을 뵙기 위해 수소문을 했지요."

"그러셨구려. 그래, 무슨 일이오?"

"동생의 말을 전해주기 위함이오."

"동생이라면……?"

"대악검 무령이 내 친동생이오."

"정말이오?"

"알고 있었는지는 모르지만 그 아이는 여자였고 유일한 내 혈육이었소."

"음……."

"아셨던 모양이구려."

"누군가에게 이야기를 들어서 뒤늦게 알게 되었소. 그래, 그녀는 잘 있소이까?"

"그 아이는 한 달 전에 유명을 달리했소. 내가 온 것은 그

아이의 부탁을 받았기 때문이오."

"그녀가 전쟁에서 목숨을 잃었단 말이오!"

"전쟁에서 죽은 게 아니었소. 그 아이는……."

무상은 자신과 그녀의 이야기를 담담하게 꺼내어 운호에게 펼쳐 냈다.

어릴 적 현 장문인의 스승인 송인자에 의해 거둬지면서 그들 남매는 무당으로 들어오게 되었다.

그들 남매의 오성은 어느 누구보다 뛰어나서 송인자는 항렬을 무시한 채 그들을 자신의 제자로 삼고 무공을 가르쳤는데 기대를 저버리지 않고 금방 후기지수 중에서 발군의 실력을 나타냈다.

문제는 무령이 열세 살 때부터 나타났다.

무령은 매월 보름만 되면 쓰러져서 삼 일 동안 일어나지 못했는데 전신이 부들부들 떨릴 정도의 한기에 시달렸다.

송인자의 초청으로 무림에서 가장 뛰어나다는 상수신의가 맥을 짚은 후 그녀의 병이 천음절맥이라는 것을 알았다.

인세에 지극히 희귀한 병.

길어야 서른을 넘기지 못하는 불치의 병을 그녀는 앓고 있었던 것이다.

무상이 상수신의의 손을 잡고 울었고 송인자가 무당의 보물인 태청단을 내놓으며 부탁했으나 그는 고개를 절레절레 흔들며 무당산을 내려갔다.

그가 남긴 말은 절대 남자의 양기를 접하지 못하게 하라는 것이었다.

남자와 관계를 갖거나 양기를 접하게 되면 수명이 급하게 단축된다면서 무상에게 그런 일이 벌어지지 않도록 옆에서 잘 지켜보라는 말을 남겼다.

동굴에서 위기에 처한 운호를 무상이 죽이려 했던 것은 그런 이유가 있었기 때문이었다.

결국 그녀의 부탁으로 인해 그냥 돌아갔지만 그것이 원인이 되었던지 무령은 세 달 전부터 시름시름 앓으며 침상에서 일어나지 못하더니 기어코 한 달 전에 목숨을 잃었다는 것이다.

그녀 나이 스물일곱에 불과했는데 상수신의의 말보다 삼 년이나 일찍 세상을 등지고 말았다.

무상이 운호를 찾아온 것은 그녀가 남긴 마지막 말을 전하기 위함이었다.

"마검께서는 동생을 어찌 생각했는지 모르겠으나 그 아이는 마음속 깊은 곳에 그대를 품고 있었던 모양이오. 그 아이는 마지막 눈을 감기 전에 이 말을 하더이다."

"무슨 말이었소?"

"다음 생에 다시 태어난다면 예쁘게 단장하고 그대와 함께 동정호를 거닐기를 소망했소. 낙조의 아름다움 속에서 그대와 함께 있는 상상을 하면 언제나 행복했기에 아플 때마다 그 생각으로 고통을 참아냈다고 하더이다. 다음 생에 나타나면 그대가 꼭 알아봐 주기를 간절히 원했소… 끄윽!"

무상은 결국 마지막 말을 끝맺지 못하고 억눌린 울음을 터뜨렸다.

동생의 짝사랑.

유일한 혈육이었던 동생이 죽어가면서 보고 싶어 했던 사내에게 그 유언을 남긴다는 것은 그에게 너무나 힘들고 잔인한 것이었다.

운호는 한숨을 내리쉰 후 무상이 떠나며 바라보았던 먼 하늘을 향해 시선을 던졌다.

이제는 흐릿해진 그녀의 모습.

자신을 마음속에 품은 채 고통 속에서 죽어갔다는 그녀의 모습이 구름과 겹쳐지면서 눈으로 들어왔다.

그녀가 수명을 단축하면서까지 자신을 구해줬다는 사실을 알게 되자 가슴이 먹먹하게 아파왔다.

그래… 그랬다. 그렇게 마음이 아팠다.

요문은 여남(汝南)에서 진을 치고 남부 전선과 중부 전선에서 이동해 온 제장들을 맞아들였다.

그의 전막에는 육십여 명의 수뇌부가 모였는데 성내에서 머물던 천왕오패와 호법들까지 전부 전선으로 나왔기 때문에 주 전력이 모두 모였다고 봐도 무방했다.

요문의 표정은 그리 밝지 않았다.

대계가 점창에 의해 생각처럼 진행되지 않았기 때문에 그의 얼굴은 어두웠다.

그럼에도 수장들을 향해 터뜨린 음성은 한 치의 흔들림도 없었고 묵직했다.

"우리가 여기에 모인 것은 전쟁의 양상이 조금 변했기 때문이다. 남부 전선이 점창에 의해 틀어졌을 뿐 상황은 바뀐 게 그리 많지 않다. 아니, 오히려 어쩌면 잘된 일인지도 모른다. 그동안 쥐 새끼처럼 숨어서 방어에만 치중하던 자들이 서평(西平)으로 나온다니 이제 정말 끝장을 볼 수 있게 되었다."

"소천의 말씀이 맞습니다. 비록 놈들의 숫자가 우리의 두 배에 달한다고 하나 대부분의 병력은 허수아비에 불과할 뿐입니다. 그자들이 서평으로 나온 것은 스스로 죽음을 자초한 것이 될 겁니다."

요문의 일갈에 단하에 있던 단황야가 강한 어조로 맞장구를 쳐왔다.

그러자 긴장된 표정으로 자리를 지키던 자들의 고개가 천천히 끄덕여졌다.

여기에 모인 자들은 천왕성의 핵심 중의 핵심 인물들이었다.

그랬기에 요문과 단황야의 대화가 무엇을 의미하는지 단박에 알아들을 수 있었다.

천왕성의 병력은 무림맹의 절반인 만이천밖에 되지 않는다.

하지만 대부분의 낭인들과 중소 문파의 떨거지들이 빠져

나갔기 때문에 정예만 남아 있는 상태였다.

이대로 끝없이 펼쳐진 서평에서 전쟁이 벌어진다면 충분히 이길 수 있는 전력이다.

물론 점창이란 변수가 있으나 전쟁이 어느 특정 세력에 의해 좌우되지 않을 거란 판단은 그들의 마음에 자신감을 들어차게 만들었다.

몇 가지 요문의 모두 발언이 끝나자 대신 나선 것은 총사 설운호였다.

그는 앞으로 나온 후 곧장 연단에 설치된 지도를 끌어냈는데, 서평의 상세 지형이 일목요연하게 그려져 있었고 문파의 배치도와 병력 상황까지 빽빽하게 적혀져 있었다.

설운호는 무림맹의 이만오천 병력에 맞서 세 개의 천왕무영진을 배치했고 두 개의 특수 타격대를 운영하는 전략을 수장들에게 선보였다.

적들의 전진을 확실하게 차단하는 진법과 숨통을 끊어놓는 병력을 따로 운영하면서 전쟁을 유리하게 이끌어 나가겠다는 전략이었다.

천뇌 설운호.

하늘마저 속이고 산천초목을 떨게 만들 정도로 무서운 두뇌를 가진 자.

그의 머릿속에서 흘러나오는 전략은 각 부대장들에게 하나씩 숙지되기 시작했는데, 조금의 빈틈도 보이지 않았다.

전막이 급히 열리며 하나의 무인이 들어온 것은 거의 한 시진에 걸친 설명을 끝낸 설운호가 깊은 한숨을 몰아쉬며 연단에서 내려올 때였다.

"소천께 아뢰오."

"무슨 일이냐."

요문이 자리에서 벌떡 일어섰다.

들어선 자는 천왕성의 핵심 중 유일하게 전략 회의에 참석하지 않았던 정보각주 비령이었기 때문이었다.

비령은 천혼을 가동해서 적들의 움직임을 비롯한 정보 수집에 전력을 다하느라 회의에도 참석하지 않았는데 그가 전막의 문이 찢어질 것처럼 밀고 들어왔으니 놀라지 않을 수 없었다.

"소천, 성주께서 운명하셨다는 전갈입니다."

"뭐라!"

비령이 마치 죄인이 된 것처럼 바닥에 양손을 잡고 쓰러졌지만 요문은 자리를 박차고는 벌벌 떨며 움직이지 못했다.

단하에서는 요문의 동생이자 주요 지휘관인 아들들이 소리를 질렀고 단황야를 비롯해서 화검제와 주요 수장들이 벌떼처럼 일어났다.

그들은 성주 요광이 오랫동안 두문분출하고 있는 것에 대해 의심을 가지면서도 요문에게 권력을 이양하기 위한 행동으로 이해하며 시간을 넘겨왔다.

그러나 비령이 들어와 성주의 죽음을 알리자 그들 모두는 마치 벼락을 맞은 사람들처럼 충격을 받았다.

천왕성주 요광.

그들이 아는 천하제일고수.

천왕검법을 대성해서 무적의 경지에 올라선 초인.

그가 있었기에 마검과 점창이 날뛰었어도 그들은 안심하고 전쟁을 수행할 수 있었다. 그런데 그런 성주가 죽었다고 하니 어찌 믿을 수 있단 말인가.

요문은 한동안 멍하니 서서 단하에 엎드린 비령을 바라보다가 충격에 사로잡혀 자리에서 벌떡 일어난 수장들을 천천히 둘러보았다.

그런 후 깊은 한숨과 함께 눈물을 주르륵 흘려내며 통곡을 시작했다.

"기어코… 기어코 가셨구나! 천왕의 꿈이 눈앞에 있는데 이렇게 가시면 어쩌란 말인가. 선부의 임종조차 지키지 못했으니 이 일을 어이할꼬. 참으로 원통하구나. 어허, 어헝!"

여남(汝南)에 모인 천왕성 병력이 성주의 죽음을 받아들이고 슬픔에 빠지기 시작한 것은 그날 오후부터였다.

현재 정벌군을 이끌고 있는 소천 요문이 스스로 성주가 주화입마에 들어 있었다는 사실을 수장들에게 밝히면서 그의 죽음은 기정사실화되었다.

대부분의 수장들이 바닥에 쓰러져 목 놓아 울었다.

그들의 젊은 시절은 타개한 요광과 함께한 삶이었다.

같이 무공을 익혔고 같이 전략 전술을 논하면서 천하 정복의 꿈을 키워 나갔다.

함께 웃고 함께 슬퍼했으니 어찌 보면 그들의 진정한 주군은 요광 한 사람밖에 없다고 봐야 했다.

요문이 정권을 틀어쥔 것은 요광이 자신의 친위 세력들에게 간절히 부탁했기 때문이었다.

오패와 천왕삼공을 비롯해서 천왕이십오성의 대부분이 요광의 명에 의해 자신의 행동을 결정하는 사람들이었으니 그의 말은 결정적인 영향력을 미쳤다.

물론 요문의 인품과 무력이 천왕성을 이끌기에 충분했기 때문에 아무런 잡음 없이 정권의 이양이 이루어졌지만 만약 요광이 다른 생각을 했더라면 결코 요문은 천왕성을 손아귀에 넣지 못했을 것이다.

천왕성의 당주급 이상 수뇌부가 거대한 연단이 설치된 여남의 황초에 모여든 것은 그다음 날 새벽의 일이었다.

무려 삼백에 달하는 지휘관들은 이미 모두 상복으로 갈아입은 상태였는데, 옆에는 갑옷이 가지런히 놓여 있었다.

연단에는 요문이 자신의 동생들과 함께 천왕성주 요광의 장례식(葬禮式)을 벌이고 있는 중이었다.

시신은 멀리 천왕성에 있었으나 그들은 최후의 일전을 앞에 두고 아버지를 떠나보내며 기필코 이겨 천하통일의 대업을 이루겠다는 결심을 나타냈다.

그러나 그것은 그들만 그런 것이 아니었다.

절차에 의해 재배를 하면서 고인을 송별하는 그들의 몸에서는 투지가 물씬거리며 풍겨 나오고 있었다.

모든 장례가 끝나고 나자 요문이 연단 앞으로 나와 지휘관들을 향해 웅혼한 음성을 토해냈다.

"제장들은 들으라. 천왕성의 꿈은 언제나 천하통일뿐이었다. 우리의 선조들이 그랬고 우리 역시 마찬가지로 그 꿈을 위해 전력을 다해왔으니 어찌 행복했던 삶이라 하지 않을 수 있겠느냐. 이제 이곳에서 오십 리밖에 떨어지지 않은 서평에서 우리의 꿈을 이루기 위해 마지막 결전을 치른다. 제장들은 오로지 하나의 생각과 신념으로 최선을 다해주기 바란다!"

운호는 내일 서평으로 진군한다는 수장 회의의 결론을 들은 후 곧장 청성 무인이 주둔한 청초를 향해 움직였다.

청초에는 청성의 오백 무인이 전막을 치고 있었는데 묻고 묻자 금방 그녀가 있는 곳을 알아낼 수 있었다.

모르는 무인들도 많았지만 그의 정체를 알고 있던 청성 무인들은 직접 안내까지 해서 그녀가 있는 곳으로 그를 안내해줬다.

알게 모르게 그와 한설아와의 관계는 청성 무인들 사이에 파다하게 퍼져 있는 상태였기에 그녀를 찾는 그에게 청성 무인들은 상당한 호의를 보여주고 있었다.

언제나 똑같은 반응.

한설아는 운호가 문을 열고 들어서자 기겁을 하며 달려와 안겼다. 그녀는 갈수록 운호에 대한 애정 표현을 감추지 않으려 했다.

그런 그녀를 데리고 운호는 황현에서 삼십 리 정도 떨어진 도명현으로 갔다.

도명현은 인구 오천이 살고 있는 작은 도시였지만 웬만한 도시보다 훨씬 깔끔하고 정갈했는데, 섬서와 하남을 가로지르는 무역로의 중심에 있었기 때문이었다.

물론 천하통일전이 벌어지면서 지금은 상인과 여행객이 모두 발이 묶였기 때문에 도명현은 예전처럼 활발한 모습을 보이지 못하고 있었다.

늦은 밤의 도명현은 더욱 그랬다.

전쟁의 불씨가 언제 불어닥칠지 모르기 때문인지 도시는 사람의 인적조차 보기가 어려웠다.

도시 중심에 있는 객잔으로 들어간 운호는 그가 알고 있는 가장 맛있는 음식을 주문했고 여간해서 마시지 않는 백주까지 시켰다.

같이 있으면 행복한 사람.

그런 사람들이 맛있는 음식을 먹으면서 시간을 보내니 웃음이 떠나지 않는다.

운호는 한설아의 의견조차 듣지 않고 객잔 주인에게 방을
달라고 했다.

이미 늦은 밤이었기 때문에 여행객이라면 당연한 행동이
었겠지만 그들은 내일 벌어질 최후의 결전을 생각한다면 돌
아가야 할 사람들이었다.

하지만 운호의 행동에 대해서 한설아는 아무런 말도 꺼내
지 않고 가만히 얼굴만 붉혔다.

믿는다, 그가 무슨 행동을 하더라도…

점소이의 안내로 방에 들어선 그들은 잠시 아무 말도 하지
않고 서로를 바라봤다.

주정을 몰아내지 않고 그대로 술을 마신 운호와 한설아의
얼굴은 발그레 달아올라 있었다.

먼저 입을 연 것은 운호였다.

"설아야, 안 무서워?"

"뭐가요?"

"나랑 둘이 있는 거."

"오라버니와 같이 있는데 왜 무서워요?"

"내가 나쁜 짓을 할지도 모르잖아."

"…바보."

그녀의 얼굴이 더욱 붉어졌다.

그리고 운호의 손이 얼굴을 만지자 마치 용광로처럼 뜨겁

게 변했다.

처음이지만 서둘지 않았다.

천천히, 아주 천천히 그녀를 침상에 눕히고 그녀의 입술을 훔쳤다.

한설아는 몸을 떨며 몸을 맡기고 있었는데 운호의 손길이 닿을 때마다 움찔거리며 반응했다.

그렇게 하나씩 옷을 벗기자 끝내 백옥처럼 눈부신 한설아의 몸이 나타났다.

그녀는 부끄러움을 숨기지 못한 채 가슴을 가렸지만 운호의 손에 의해 전신을 그대로 노출시켰다.

뜨겁고도 화려했고 너무 아름다워 바라보기 힘들 정도로 기나긴 시간들이 지나갔다.

그들의 사랑은 폭풍처럼 거칠었고 때로는 따스한 봄바람처럼 부드러웠다.

어둠 속에서 두 사람은 서로를 안은 채 사랑의 밀어를 끝없이 속삭였다.

그들의 머릿속에 전쟁의 두려움 같은 건 들어 있지 않은 것 같았다.

그렇게 긴 밤을 보낸 운호는 그녀의 눈을 그윽하게 들여다본 후 천천히 몸을 일으켰다.

밤새도록 속삭였던 꿈결 같던 목소리에 익숙해진 한설아는 갑자기 몸을 일으킨 운호를 바라보면서 의아한 표정을 지었지만 그녀를 바라보는 운호의 시선은 여전히 사랑이 담겨 있어 그녀를 편안하게 만들어주었다.

"설아야, 이제 새벽이야. 오늘이 지나면 아마 세상은 많이 변해 있을 거야. 누가 이기든 전쟁은 커다란 상처를 주는 거니까. 나는 이제 다시 전쟁터로 돌아가려 해."

"나도 가야죠."

"아니, 넌 여기에 있어."

"무슨 말이에요?"

한설아가 옷도 입지 않은 상체를 일으키려 했다.

그녀의 가슴이 고스란히 노출되었지만 상관없다는 듯 몸을 일으켜 세웠다.

확실히 무공을 익힌 여인답게 세속의 허례와는 거리가 먼 모양이었다.

그러나 그녀는 결국 일어서지 못하고 스르륵 자리에 다시 쓰러졌다.

어느새 운호가 그녀의 혼혈을 짚었던 것이다.

운호는 천천히 일어나 옷을 입은 후 정성껏 그녀의 옷을 하나씩 입혀 나갔다.

그런 후 침상에 곱게 그녀를 눕혀놓고 무겁게 입을 열었다.

"설아야, 하루만 이렇게 있어. 나는 반드시 이길 거니까 너무 걱정하지 마. 네 뜻을 묻지 않고 이런 짓을 해서 정말 미안해. 하지만 너마저 잃고 싶지 않았다. 얼른 돌아올게. 그러니까 조금만 기다려 줘."

운호가 황현으로 돌아왔을 때 점창 무인들은 전막을 걷고 출발 준비를 마친 상태였다.

예상보다 훨씬 빠른 움직임이었기에 운호는 급히 자신이 묵고 있던 전막으로 향했다.

"이놈아, 어디 갔다 오냐?"

"응, 산책."

"허어, 이놈이!"

운호의 대답에 운상이 인상을 긁었다.

밤새 모습을 보이지 않았다는 걸 누구보다 잘 아는데 운호가 여유 있게 오리발을 내밀자 황당한 표정을 숨기지 않았다.

하지만 운호는 그의 반응을 무시하고 뻔뻔하게 풍운대가 모여 있는 곳으로 다가갔다.

운상이 저렇게 나와도 입이 무겁다는 것을 너무나 잘 안다. 그랬기에 그는 자신의 외박을 사형들이 모를 것이란 판단을 내리고 자연스럽게 일행의 뒤에 가서 섰다.

그러나 운상은 집요했다.

씩씩거리며 다가온 운상은 운호의 귀를 잡아당긴 채 사형들에게서 그를 끄집어냈다.

"정말 계획대로 했냐?"

"응."

"잠은 어디서 자고?"

"도명현에서."

"설아는?"

"얼른 끝나고 가봐야 돼. 다섯 시진 정도는 일어나지 못하도록 혼혈을 짚어놨다. 너는 어쨌는데?"

"가까운 인가에… 번천검께 미리 허락을 받았으니까 난 너랑은 달라."

"장하다."

"장문인 나오신다. 이제 출발하려는 모양이다."

운상이 뭐라 더 말하려 하는 운호의 말을 끊고 전면을 바라보았다.

그의 말대로 청현자와 장로들이 마지막까지 덩그렇게 남아 있던 전막에서 나와 점창 본대가 있는 쪽으로 다가오고 있었다.

청현자를 중심으로 좌우로 나뉘어 다가오던 장로들이 멈춰 선 후 장문인이 앞으로 나섰다.

그의 왼팔은 볼 때마다 허전했지만 이제는 익숙해져서 청현자의 너그러운 얼굴과 함께 자연스럽게 어울렸다.

하지만 지금의 그는 너그러움을 버리고 불타는 시선으로 점창 무인들을 바라보고 있었다.

음성은 나직했으나 비장했고 내용은 듣는 사람의 심정을 울릴 만큼 강렬했다.

"점창 제자들은 들어라. 우리 점창은 그 옛날 천왕성의 무림통일 야욕을 꺾기 위해 운남의 길목에서 홀로 일어선 적이 있었다. 선조들께서는 점창의 손실보다 명예를 먼저 생각하셨고 협이 있어야 의가 살아난다는 행동을 직접 무림에 보여 주셨다. 이제 그 뜻을 우리가 이어받을 것이다. 점창은 언제나 비겁한 삶을 살지 않기 위해 노력해 왔으니 오늘 제자들은 이 전쟁에서 목숨보다 더한 명예를 위해 분투하라!"

무림맹 이만오천의 병력이 서평으로 진군을 시작한 것은 이른 새벽인 묘시 무렵이었다.

적들의 이동이 감지된 것도 비슷했기 때문에 양쪽 세력이 서평에서 부딪친 것은 태양이 환하게 떠오른 진시(辰時)였다.

천왕성의 병력이 쳐 놓은 진형을 보고 청문자가 먼저 깊은 신음을 흘려냈다.

서평의 끝이 보이지 않는 들판에는 거대한 천왕무영진이 세 개나 펼쳐져 있었다.

신화에서 천왕무영진을 깨뜨린 적이 있으나 운호가 없었다면 점창은 결코 신화를 탈환하지 못했을 것이다.

더군다나 적들의 천왕무영진은 신화에 펼쳐졌던 것보다 세 배는 더 커 보였다.

워낙 진법에 관한 지식이 뛰어난 청문자는 고전을 면치 못했던 천왕무영진의 파훼법을 며칠 동안 연구한 끝에 칠성 중

끝자리 별인 파군성이 약점이란 것을 알아내었다.

하지만 그것은 단 하나의 진이 존재했을 때의 약점이었지, 저렇게 진과 진이 어울려 반응한다면 어떤 결과가 나타날지 알 수 없었다.

더군다나 적들은 거의 사천에 가까운 부대를 진법 사이에 배치해서 언제든지 약점을 물고 늘어질 수 있는 진영을 구축하고 있는 중이었다.

확실한 파훼법이 아니었으니 걱정이 되었으나 그렇다고 그냥 있기에는 무림맹의 피해가 너무 클 것 같아 청문자는 전령을 통해 각 문파의 수장들에게 파군성이 약점이라는 정보를 보내주었다.

하지만 불안감은 멈춰지지 않았다.

두 배에 달하는 병력을 가지고 있지만 적들의 기세가 너무 강해서 우세할 것이란 생각이 들지 않았다.

오히려 막강한 진법을 완성시킨 채 공격을 기다리는 천왕성의 기운이 무림맹보다 훨씬 강해 보였다.

그때 청문자의 머릿속을 관통하는 하나의 생각이 번개처럼 떠올랐다.

파군성이 약점이라면 머리 쪽에 해당하는 탐라성도 약점으로 작용될 수 있다는 진법의 원리가 떠올랐기 때문이었다.

먼저 파군성을 타격하면 견고하게 버티던 탐라성의 기운이 급히 다른 행으로 이동할 것이고 그리되면 탐라성은 조금의 타격에도 흔들릴 수 있다.

하나의 약점만 있다면 적들의 반격에 고전을 면치 못하겠지만 만약 또 다른 약점이 노출된다면 적들의 진법은 무용지물로 변하게 될 가능성이 컸다.

무턱대고 공격할 일이 아니었다.

천왕성을 공격하기 위해 무림맹이 만들어놓은 것은 일자진이었다.

정면 공격을 위해 가장 많이 쓰는 전략이었고 이런 평야 지대에서 가장 효용성이 컸으니 당연한 선택이라 볼 수 있었다.

하지만 천왕무영진이 구축된 상태에서 아무런 계획 없이 공격을 시작한다면 무림맹은 엄청난 타격을 입을 수밖에 없다.

일자진은 그 효용성만큼 단점도 많은 병진이었다.

신화에서의 싸움은 촌각을 다투었기 때문에 무작정 돌진했지만 서평의 마지막 결전은 수많은 무인들의 목숨이 달려 있기에 피해를 최소화하는 전략을 마련해야 했다.

그랬기에 청문자는 청현자에게 이 사실을 말하고 수장들을 부르는 초계기를 연신 날렸다.

싸움을 시작하기 위해 전열을 가다듬던 병력이 움직임을 멈췄고 수장들이 점창 쪽으로 날아온 것은 불과 이각 만의 일이었다.

이곳에 모인 문파의 수장들 중 절대고수 반열에 들어서지 못한 것은 청현자뿐이었으니 다가오는 그들의 기세는 강렬하기 그지없었다.

하지만 청문자는 눈 하나 깜짝하지 않고 그들이 모두 모이기를 기다린 후 천천히 입을 열었다.

청문자 앞에 모인 수장들의 숫자는 모두 스물둘이었는데 백대고수에 포함된 사람이 열다섯이나 되었다.

물론 구룡의 진형에는 열여덟에 달하는 백대고수가 싸움을 기다리고 있는 중이었으니 무림맹의 진영에는 절대고수가 무려 서른셋에 달했다.

하나 이는 점창에 숨어 있는 숫자를 뺀 인원이다.

모인 사람들의 표정은 그리 밝지 않았다.

현재 막강한 전력을 자랑하며 천하통일전에서 태풍의 눈으로 떠오른 점창이라 해도 스스로가 아니라 명에 의해 모인다는 것은 받아들이기 힘든 일이었다.

더군다나 소림의 경우에는 더욱 그랬다.

현 무림맹주로서 누군가의 부름에 응했다는 사실 자체가 수치에 가까운 일이었기 때문이었다.

그러나 각 파의 수장들은 청문자가 그들을 부른 이유를 알게 된 이후부터 한숨을 몰아쉬기 시작했다.

자칫 소속 무인들을 헛되이 죽게 만들 뻔한 자신들의 무사안일을 청문자가 일깨워 줬으니 돌아가는 그들의 허리는 깊게 숙여질 수밖에 없었다.

전략을 마련한 무림맹의 진형이 아홉 개로 갈라졌다.

여섯 개는 천왕무영진을 상대하기 위한 것이었고 나머지 세 개는 적들의 타격 병력을 집중적으로 막기 위해 배치한 진영이었다.

이번 전략에서 가장 중요한 핵심은 동시에 파군성을 흔들어놓아 적들의 진영을 어지럽히는 것이었다.

파군성을 흔들어놓아야 탐랑성을 집중 공략할 수 있으니 파군성을 공격하는 전대는 가장 강한 전력을 지닌 병력이어야 했다.

그래서 선택된 것이 소림과 화산이 합쳐진 일대, 점창과 은하문의 이대, 무당과 모산파의 삼대 공격진이었다.

그중 점창이 맡은 것은 중앙에 펼쳐진 진법이었기 때문에 무엇보다 중요한 곳이었다.

"진격하라!"

청현자의 명에 의해 점창 본대가 서서히 움직이기 시작했다.

옆에서는 번천검이 은하문을 이끌고 움직이고 있었는데 그의 얼굴은 잔뜩 굳어 있었다.

공격과 방어.

드디어 천하의 운명을 결정짓는 서평전투의 서막이 벌어지는 순간이었다.

풍운대는 언제나처럼 선두에 서서 달리면서 청문자가 공격하라고 지시한 위치를 노려보았다.

공격 범위에 있는 적들의 숫자는 사백이 넘었는데 점창과 은하문 연합이 질풍처럼 다가오자 뱀이 움직이는 것처럼 절묘한 변화를 보이며 무곡성의 뒤편으로 숨어버렸다.

가로막은 무곡성 병력 사백이 신묘한 기운과 함께 점창을 압박해 오자 이번에는 엄정성과 문곡성 병력 구백이 은하문의 뒤편을 공격해 왔다.

쉽지 않을 것이라 판단했지만 이렇듯 신기한 조화를 이루며 반격을 가해오자 은하문 진형이 금방 혼란 속에 사로잡혔다.

그러나 청문자는 힐끗 시선을 잠시 줬을 뿐 은하문을 구하지 않고 곧장 점창을 막아온 무곡성 병력을 향해 돌진하며 소리를 질렀다.

"운풍, 여기 병력은 우리가 막겠다. 너는 풍운대와 함께 뒤로 돌아 숨은 파군성을 잡아라!"

말이 끝남과 동시에 그의 검에서 푸른 검기가 빗발치듯 쏟아져 나왔다.

그와 동시에 청무자를 비롯한 장로들과 운자배 주력 무인들의 공격이 무곡성 병력을 향해 부딪쳐 갔다.

콰앙!

수많은 전투에서 막강한 위력을 선보였던 점창의 진신력이 진법을 때리자 무곡성의 병력이 휘청거렸다.

그러나 현묘한 기운이 감싼 진법은 깨지지 않았고 대신 치열한 반격이 개시되었다.

진법이 발동되고 본격적으로 움직임이 시작되자 천왕성 무인들의 신형은 어느 것이 진짜이고 어느 것이 가짜인지 모를 정도로 희미하게 변해갔다.

정말 보면 볼수록 무시무시한 절진이었다.

운풍은 본진이 접전을 시작하자 자신이 이끌던 일도전 백 명의 무인과 함께 뒤쪽으로 돌아 나갔다.

일도전의 전면에는 풍운대가 앞서 달리고 있었는데, 그들의 속도는 엄청나게 빨라 눈에 보이지 않을 지경이었다.

"꼬리가 보인다! 풍운대, 놈들을 놓치지 마라!"

무곡성의 뒤쪽으로 모습을 감추었던 파군성 병력이 모습을 보이자 운풍의 입에서 벼락같은 소리가 흘러나왔다.

최대한 빠른 시간 내에 파군성 병력을 잡아내지 못한다면 은하문은 물론이고 점창 병력도 엄청난 피해를 입게 될 것이다.

운호는 운풍의 지시를 받자마자 흑풍검을 앞으로 내밀며 무섭게 날아올라 파군성의 후미를 향해 회풍을 날렸다.

무수한 원이 생성되며 파군성의 꼬리를 강타하자 뱀 꼬리처럼 모습을 숨기던 다섯 명이 진형에서 완전히 튕겨 나가며 뻗어버렸다.

파군성의 움직임을 한번 시선에 잡아놓은 운호는 금방 따라잡아 중심을 갈라갔다.

상상하지 못할 정도로 빠르게 진법이 변화되었으나 파군성의 속도보다 운호의 속도가 조금 더 빨랐다.

운호가 중심을 찔러가자 풍운대마저 그 뒤를 따라 파군성의 속으로 파고들었다.

그들의 움직임과 동화해서 내부로부터 파괴하려는 생각이었다.

운호를 비롯한 풍운대가 내부를 휘젓자 파군성의 속도가 확연히 느려지며 운풍이 이끄는 일도전에게 따라잡혔다.

그때부터 파군성은 일방적으로 점창 무인들의 검에 의해 쓰러지기 시작했다.

진형의 내부를 장악당한 파군성 병력은 속수무책으로 당하는 수밖에 없었다.

하지만 그것도 잠시, 귀신처럼 나타난 녹존성 병력이 운풍의 일도전을 공격했다.

파군성이 위기에 처하자 진법이 변화하며 녹존성의 병력이 방위를 이동해 온 게 틀림없었다.

진법의 신묘함을 등에 업은 천왕성 병력은 무서운 괴력을 발휘하며 돌진해 왔는데, 그들의 진법에 갇힌 점창 제자들의 피해가 속출했다.

이대로라면 전황은 최악으로 치달을 수가 있었다.

얼마나 악전고투를 펼쳤을까.

점창 무인들을 압박하고 있던 신비로운 기운이 갑자기 없어지면서 움직임이 잘 보이지 않던 천왕성 병력들이 확연하게 눈으로 들어왔다.

대기하고 있던 남궁세가와 청성파가 칠성의 머리인 탐라성을 공략했기 때문이었다.

보호하던 거문성과 녹존성 병력이 파군성의 위기에 따라 이동해 가자 탐라성이 홀로 떨어지며 진의 외곽을 맴도는 걸 확인한 무림맹 병력이 일거에 탐라성을 공격해 들어갔던 것이다.

탐라성의 이동이 막히자 청문자의 예상대로 천왕무영진이 깨지며 병진을 구성했던 병력들이 고스란히 신형을 노출시켰다.

난전(亂戰).

천왕무영진이 깨지자 진의 중심에서 소진을 구성하며 진을 관장하던 천왕성의 절대고수들이 일거에 난전에 뛰어들었다.

진법을 관장하던 그들은 난전이 시작된 이상 중앙을 지킬 이유가 없었으니 전투부대에 합류해서 선봉을 맡았다.

거의 백여 명에 달하는 천왕성의 핵심 고수들이 천왕소진을 깨고 나와 난전에 합류하자 무림맹 무인들이 퍽퍽 나가 떨어졌다.

천왕성 수뇌부의 무력은 진정 가공할 지경이었다.

무영진 사이에서 적들의 접근을 노리던 천왕성의 특수 타격대는 진법이 공략당하는 것을 보고 즉각 싸움에 가세했는데, 그에 맞추어 대비해 놓았던 무림맹의 삼 개 전투부대도 즉시 전장에 투입되었다.

무당과 모산파의 치열한 공격을 감당하며 아직까지 깨지지 않고 버티던 마지막 천왕무영진이 스스로 진법을 깨고 난전으로 뛰어들자 서평은 그야말로 완벽한 난전 상태로 빠져들고 말았다.

천왕무영진만 깨면 쉽게 이길 수 있을 거란 무림맹의 판단은 터무니없는 것이었다.

천왕성의 병력들은 자신들만의 독특한 명령 체계를 유지하며 일산불란하게 움직였는데 숫자가 적음에도 무림맹의 무인들을 주살하며 거침없는 진격을 거듭했다.

그에 맞선 무림맹은 문파 간 협력 체계를 구축하며 포위망을 구축해 나갔다.

천왕성의 전투력이 상상을 초월했으나 무림맹 역시 이를 악물고 싸워 나갔다.

격렬한 전투.

어느덧 전투가 시작된 지 두 시진이 흘렀고 서평은 시신들과 피로 물들며 잔인한 영상을 만들어냈다.

무인들의 눈은 시간이 지날수록 눈물 속에서 살기로 물들어갔다.

아들이 죽는 모습을 지켜보았고 형과 동생이 팔다리가 잘린 채 살려달라며 애원했으나 그들은 오로지 적을 죽이기 위해 싸우고 싸웠을 뿐이다.

슬픔을 느끼지 못해서가 아니었다.

가슴이 찢어질 것처럼 슬펐으나 인간의 본성은 적을 앞에 두고 검을 멈출 수가 없었기 때문이었다.

흩어졌던 점창 무인들이 하나로 합쳐지기 시작한 것은 난전이 벌어지고 반시진이 지난 후였다.

운호가 중심이 된 풍운대가 적들을 쓰러뜨리며 점창 무인들을 찾아 움직이자 점차 검은 전도복이 하나로 뭉쳐졌다.

점창 무인들은 이제 이백이 조금 넘게 남은 상태였다.

백에 가까운 제자들이 죽었으나 대부분 무력이 약한 명자배였고 운자배는 스물도 되지 않았다.

다시 말해 주력은 고스란히 남아 있다는 뜻이다.

이백의 검은 전도복을 입은 점창 무인들이 사막에서 불어온 흑풍처럼 서평을 관통하며 천왕성의 병력을 치기 시작한 것은 뜨거운 태양이 머리 위로 솟구쳤을 때였다.

대적불가(大敵不可).

운호를 비롯해서 풍운대와 청문자, 청무자 등 절대고수들이 전면에서 적진을 헤치고 질풍처럼 움직이자 그토록 강력하게 돌진하던 천왕성의 병력들이 추풍낙엽처럼 나가떨어졌다.

그들의 움직임은 그 옛날 홀로 일어나 운남의 길목에서 천왕성의 병력을 전멸시켰던 그때처럼 대적불가의 위용을 보여 주고 있었다.

천왕성의 공격에 포위망을 구축하고도 주춤거리며 밀리던 무림맹의 반격이 시작된 것도 그때부터였다.

점창이 적들의 선봉을 격파해 줬기 때문에 무림맹은 예기가 꺾인 천왕성의 병력을 상대로 유리한 전투를 벌여 나갔다.

병력과 병력이 부딪치고 절정고수와 절대고수들이 곳곳에서 치열한 승부를 펼쳤다.

이를 악문 그들의 표정은 비장하기 짝이 없었다.

인간으로서 자신이 살기 위해 누군가를 죽여야 한다는 것은 무엇보다도 슬픈 일이다.

서평에서 벌어진 전쟁은 거의 하루가 꼬박 걸렸다.

천왕성의 무림일통의 꿈과 굴복과 굴욕을 받아들일 수 없다는 무림맹의 신념이 부딪친 전쟁은 그렇게 서서히 종장을 향해 치닫고 있었다.

선두에 서서 거의 반나절 동안 점창을 이끌었던 운호의 걸음이 멈춘 것은 붉은 노을이 하늘에 펼쳐진 석양 무렵이었다.

태양은 인간들이 펼쳐 놓은 잔인한 장면을 비웃기라도 하듯 서쪽 하늘에 붉게 떠서 오연하게 대지를 지켜보고 있었다.

이제 천왕성의 병력은 불과 오백여 명이 남아 마지막 분전을 펼치고 있는 중이었다.

그들을 둘러싼 무림맹의 병력은 팔천에 불과했으니 서평에 깔린 무인들이 시신은 거의 삼만에 가까웠다.

운호는 멍하니 죽어간 시신들과 아직도 남아서 마지막 불꽃을 태우고 있는 천왕성 병력을 지켜보다 한숨을 몰아쉬었다.

그의 뒤에는 이제 반으로 줄어버린 점창 무인들이 청현자를 중심으로 진형을 구축한 채 명령을 기다리고 있었다.

적들의 강력한 선봉만 격파하며 움직이다 보니 많은 손해를 입었지만 아직도 그들은 시퍼런 눈으로 전장을 바라보며 으스스한 눈길을 던지는 중이었다.

무림맹은 얼마 남지 않은 적들을 포위하고도 쉽게 처리하지 못하고 연신 피해를 입으며 물러났다.

워낙 강력한 반격에 포위망이 수초처럼 흔들렸고, 천왕성의 병력이 움직일 때마다 꽤 많은 숫자의 무인들이 쓰러져 갔다.

무시무시한 진격.

마지막 남은 천왕성의 병력은 자신들의 꿈이 깨지는 것을 용납지 못하겠다는 듯 불꽃처럼 타오르며 분전을 거듭하고 있었다.

무림맹의 무인들이 쉽게 공략하지 못하고 있는 이유는 간단했다.

마지막 남은 천왕성의 병력 중에는 요문을 비롯해서 오패와 화검제 등 절대고수들이 곳곳에 배치되어 무림맹의 공격을 차단하고 있었던 것이다.

무림맹 측에서 뒤로 물러나 움직이지 않던 주력 고수들이 전면으로 나선 것은 바로 그런 이유 때문이었다.

무림백대고수에 포함된 강자들은 전쟁이 끝나가자 뒤로 물러났었는데, 천왕성의 병력이 계속해서 분전을 거듭하자 다시 천천히 앞으로 나섰다.

그들 중에는 소림의 불제와 모산의 무검제가 있었으며 화산의 신검제와 무당의 명검제도 함께했다.

그들뿐만이 아니었다.

무림백대고수에 포함된 각파의 수장들이 끝장을 보겠다는 듯 전투에 참전하자 상황은 급박하게 변했다.

초인과 초인이 맞붙었고 병력과 병력이 맞붙는 싸움이 다시 시작되자 천왕성의 무인들은 하나둘씩 피에 젖은 땅바닥에 쓰러지기 시작했다.

천왕성의 병력은 모두 쓰러졌으나 초인들은 남아서 아직도 전투를 계속 벌였다.

특히 요문과 그의 동생인 대공들, 오패, 화검제와 단황야 등은 무림맹의 절대고수들과 맞서 팽팽한 접전을 벌이고 있었는데, 그들의 손에 의해 벌써 다섯 명이나 전권에서 물러난 상태였다.

쾌활림주는 왼팔이 잘렸고 패천방주는 가슴이 쩍 갈라지는 부상을 입었다.

무당의 신화검도 다리가 반쯤 잘려 뒤로 물러섰고 남궁세가의 유리검과 제천문주 황무성도 옆구리와 가슴에 치명적인 부상을 입고 비틀거리며 전권에서 이탈했다.

무시무시한 무력이다.

현재 살아남은 채 전투를 벌이고 있는 천왕성의 수뇌부는 모두 합해 열둘에 불과했으나 그들로 인해 무림맹 팔천 병력이 그저 자리만 지킨 채 움직이지 못했다.

특히 요문과 오패의 수장, 그리고 화검제는 무천십제에 올라 있는 구룡의 초인들을 맞이하고도 오히려 우세를 점할 정도였다.

거의 이백여 초를 겨루던 불제 뇌공 대사가 입에서 피 분수를 뿜어내며 뒤로 날아간 것은 요문의 검이 하늘로 날아올라 천둥 번개를 때렸을 때였다.

무천십제 중에서도 천하제일로 꼽히던 불제의 패배에 포위망을 구축했던 무림맹 무인들의 입에서 경악에 찬 신음 소리가 흘러나왔다.

무서운 신위.

불제를 격퇴한 요문은 수없이 늘어선 무림맹 무인들을 향해 오연한 시선을 던지며 검을 늘어뜨렸다.

누구든 덤비라는 패기.

그에게서는 천하통일의 꿈을 이루기 위해 전장에 나선 수장답게 만인지상의 위엄이 줄기줄기 뻗어 나오고 있었다.

아무도 나서지 못했다.

천하제일로 불리던 불제의 십팔항마장은 무형의 권기를 바탕으로 한 번 펼쳐질 때마다 오 장의 범위를 초토화시켜 지상 최강의 무공이라 칭했었는데 그런 불제마저 격퇴시킨 요문을 누가 상대할 수 있단 말인가.

무림맹 측에서 움직임이 없자 요문의 눈이 스산하게 변했다.

그런 후 천천히 검을 들며 좌우를 바라보았다.

"아무도 없느냐. 아무도 없다면 나는 이 검으로 저자들을 죽이겠다. 그래도 상관없겠느냐!"

그의 일갈에 무림맹이 술렁거렸다.

단호한 뜻.

상대가 나서지 않으면 전장에서 치열하게 접전을 펼치고 있는 초인들의 싸움에 가담해서 협공을 하겠다는 말이었다.

무서운 협박이다.

만약 정말 그가 절대고수 간의 싸움에 난입한다면 무림맹의 고수들은 모조리 목숨을 잃을 것이 자명했다.

점창 무인들이 무림맹의 숲을 뚫고 앞으로 나선 것은 그가 광소를 터뜨릴 때였다.

"크하하하하……."

그는 말처럼 초인들의 싸움에 가담하는 대신 미친 듯이 웃음을 흘려냈다.

광소였지만 사람의 심장을 찌를 것처럼 아프다.

그가 흘린 웃음은 서편 하늘에 걸쳐진 붉은 노을처럼 그렇게 슬픔이 잔뜩 담겨 있었다.

운호는 천천히 걸음을 옮겨 앞으로 나서 그의 웃음이 그치기를 기다렸다.

평생을 바쳐 온 꿈이 사라지는 순간.

어느 누가 허망하고 괴롭지 않겠는가.

자신을 따르던 수많은 무인들이 피로 물든 들판에 쓰러져 있었다.

그들의 눈은 이루지 못한 꿈과 남겨진 사람들에 대한 그리움으로 감겨지지 않은 채 허공을 향하고 있으니 참으로 원통한 일이었다.

하늘을 바라본 채 끝없이 웃던 요문이 검을 세운 것은 운호가 자신의 검을 천천히 꺼내 들었을 때였다.

"그대는 누군가?"

"마검이오."

"기다리고 있었다."

"나를 말이오?"

"그렇다."

"왜 기다리셨소?"

"점창의 마검이니까. 너는 모르겠지만 그 옛날 우리 선조들의 꿈을 막은 만천자도 천왕성에서는 마검으로 불리웠었다. 마검… 참으로 지겨운 인연이지."

"그렇구려. 이제야 이해가 가오."

"태양을 베는 검을 가지고 왔느냐?"

"그건 직접 확인해 보시는 게 좋을 것 같구려."

"하긴 그렇기도 하지. 그럼 시작해 볼까!"

요문은 말을 끝내고 천천히 검을 들어 운호를 가리켰다.

운호 역시 흑룡검을 들어 진격세를 만들고 요문이 먼저 움직이기를 기다렸다.

천하쟁패의 꿈은 깨졌으나 광소가 걷힌 요문의 얼굴은 평화롭고 고요했다.

최선을 다했으니 후회는 남지 않았고 오로지 마지막 승부를 위해 최선을 다하겠다는 자세였다.

요문의 검이 스르륵 빠져나와 슬쩍 운호의 흑룡검을 때렸다.

이제 시작할 테니 준비하라는 말처럼 여겨졌다.

그리고 그 행동은 검에서 번개를 뿜어내며 사실로 드러났다.

그의 검은 천왕검법을 펼쳐 내며 운호를 향해 끝없이 전진해 들어왔다.

불제와 겨룰 때와는 전혀 다른 치열함이 그의 검에 들어 있었다.

운호는 천둥과 번개를 수시로 때려내며 접근하는 요문의 천왕검법에 맞서 분광과 회풍을 전력으로 시전했다.

이제 그의 검에서 흘러나오는 검기는 선명함을 넘어 완연한 실체를 담고 있었다.

팽팽한 접전.

처음에는 춤추듯 움직이던 그들의 신형이 어느샌가 사라지고 오직 검에서 흘러나온 검기들만 공간 속에서 너울댔다.

얼마나 시간이 지났을까.

한 공간 속에서 붙어 있던 두 사람의 신형이 분리된 것은 석양이 마지막으로 꿈틀거리며 지평선을 향해 들어갈 때였다.

피로 물든 두 사람의 모습은 달아오른 노을과 함께 동화되어 한 폭의 그림이 되었다.

움직임도 없었고 서로의 대한 증오도 보이지 않았다.

오직 그들에게 남은 것은 무인으로서 지상 최강의 적을 꺾고자 하는 의지뿐이었다.

영원히 움직이지 않을 것 같았던 그림이 깨지면서 먼저 움직인 것은 요문이었다.

요문의 몸이 허공으로 떠올라 운호를 향해 수없이 많은 빛을 난사했다.

천왕검법의 마지막 초식 천뢰광참(天雷光斬)이 펼쳐진 것이었다.

아무도 막아낼 수 없는 무적의 초식.

그가 펼친 번개는 하나하나가 모두 실체였고 하나가 소멸되면 두 개가 생성되며 천망을 형성했으니 막아낼 수도 없고 피할 수도 없다.

운호가 흑룡검을 하늘로 치켜세운 것은 번개가 몸에 근접해 왔을 때였다.

공간참.

운호의 검에 의해 공간이 찢어지면서 지평선으로 지던 태양이 서서히 갈라지기 시작했다.

서평의 서쪽 하늘을 가득 채웠던 석양은 마치 거짓말처럼 두 쪽으로 갈리며 수없이 날아온 번개를 잡아먹어 버렸다.

아무도 말을 하지 못했고 아무도 움직이지 못했다.

사람들의 입을 통해 회자되었던 전설의 검이 운호를 통해 세상에 나와 태양을 베는 장면은 시간을 멈춰 버릴 정도로 충격적인 것이었다.

종장

낙화유수(落花流水)

천하통일전은 중원 무림을 황폐화시키며 수많은 무인을 죽음으로 몰아넣은 채 그렇게 끝이 났다.

삼십팔세 중 열두 개 문파가 봉문을 선언했고 살아남은 문파들도 오 할 이상의 전력을 상실해서 겨우 명맥을 유지해 나갈 정도였으니 그 피해는 이루 말할 수 없을 정도였다.

싸움이 끝난 서평은 무인들의 눈물과 통곡으로 온밤을 하얗게 불태웠다.

먼저 보낸 님들에 대한 남은 자들의 그리움은 서평을 벗어나지 못한 채 끝없이 동녘 하늘을 바라보게 만들었다.

전쟁이란 그런 것이다.

누군가의 욕심으로 시작된 전쟁은 수많은 죽음과 슬픔을 만들며 터전을 황폐화시켜 사람들의 삶을 고단하게 만든다.

그럼에도 또 다른 전쟁을 꿈꾸는 걸 보면 인간의 본성에는 잔인함이 들어 있는 것이 틀림없다.

전쟁은 끝났으나 신화는 남았고 불세출의 영웅은 전설이 되어 사람들에 의해 회자되었다.

점창은 삼백의 병력 중 백여 명이 살아남아 본산으로 돌아 갔으나 그들이 만들어낸 전장의 신화는 전 무림을 경악시키기에 충분한 것이었다.

사람들은 만나는 자리마다 점창이 만들어낸 신화에 대해서 거품을 물었다.

특히 마지막 서평전투에서 한줄기 흑풍이 되어 적진을 쓸어버린 신화는 그들에겐 전설이나 다름없는 것이었다.

그러나 무림천하를 숨조차 쉬지 못하게 만들었던 마검의 무력은 점창의 신화마저 압도하고 있었다.

태양을 베어버린 절대의 검법으로 천왕성의 수장을 무찌른 마검의 무력은 고금제일이라는 칭호를 듣기에 충분한 것이었다.

"아직 멀었나?"

"얼마 안 남았다. 왜, 급해?"

"급해서가 아니라 천하를 거의 다 돌았더니 피곤해. 얼른 끝내고 쉬어야지."

"흐흥, 거짓말하지 마라, 이놈아. 얼른 일 보고 처가에 가고 싶어서 그러는 거 뻔히 안다."

"귀신같은 놈……."

운여의 질책에 운호가 말끝을 흐리며 눈을 들어 정면을 바라보았다.

요즘 들어 운여는 운호와 운상을 번갈아가며 놀리고 있었는데 자신만 짝이 없는 것에 대한 분풀이를 하는 것 같았다.

운호가 바라본 곳에는 하나의 인형이 깃털처럼 내려앉으며 강렬한 시선을 보내왔다. 삼십이 훌쩍 넘는 도사였다.

웅혼한 기상.

백색의 전도복을 깔끔하게 갖춰 입은 도사는 육 척이 훨씬 넘었고 몸매마저 탄탄해서 강한 무력을 가졌다는 걸 금방 알아볼 수 있었다.

그는 나타나자마자 운호 일행을 향해 일갈을 터뜨렸는데 그 음성이 묵직했다.

"그대들은 누군가. 여기는 화산의 성지인 연화봉이다. 지금이라도 돌아가면 죄를 묻지 않겠다."

"여기가 화산이 맞다는 얘기지?"

"농을 하자는 것이냐. 팔다리가 잘리고 나서야 후회를 할 모양이구나."

"하아, 보자마자 계속해서 반말지거리를 하는군."

"화산에 와서 시비를 걸다니 목숨이 몇 개라도 되는 모양이구나. 참으로 가소로운 놈이로다."

"같은 도사끼리 웬만하면 말로 해결하려고 했는데 넌 몇 대 맞아야겠다."

운상은 도사의 행동에 더 이상 참지 못하겠다는 듯 바람처럼 접근해서 검집째 그대로 도사의 팔, 다리, 옆구리 등을 차례대로 두들기기 시작했다.

상당한 무력을 가진 것으로 보였던 도사는 운상의 매타작에 반항조차 하지 못하고 얻어맞았다.

"어… 어!"

빤히 보이는 공격이었으나 화산파의 도사는 벙어리 울음소리 같은 비명을 지르며 펄쩍펄쩍 뛰다가 기어코 바닥을 뒹굴었다.

그런 도사를 이끌고 운호 일행이 화산의 상궁에 나타난 것은 그로부터 일각 후였다.

수많은 거각들이 줄지어 늘어선 연화봉은 가을이 되면서 온갖 홍단과 함께 그 아름다움이 절정을 이루고 있었다.

올라오면서 몇 차례 소란을 떨었기 때문인지 상궁 앞에는 꽤 많은 무인들이 늘어서 있었는데 그중에는 화산의 장문인인 추송자도 눈에 들어왔다.

그는 천하통일전에서 오른쪽 다리를 잃었기 때문에 제자들의 부축을 받고 있었는데 서 있는 것조차 힘들게 보였다.

장문인의 움직임은 무겁다.

더군다나 화산파처럼 명문 거파의 장문인이라면 벼락이 떨어져도 그 움직임이 쉽지 않은 법이다.

그럼에도 이처럼 작은 소동에 직접 불편한 몸을 이끌고 나타난 것은 누가 찾아왔는지 미리 알고 있었다는 뜻이 된다.

그걸 증명이라도 하듯 운호 일행을 바라보는 그의 시선은 더없이 무겁게 보였다.

"그냥 와도 될 텐데 무엇하러 아이들을 괴롭힌 겐가. 점창 삼황이라고 미리 밝혔다면 정성을 다했을 텐데 말일세."

"말할 새도 없이 덤비더이다."

"말도 안 되는 소리를 하는군."

"장문인께서는 시시비비를 가리고 싶은 모양입니다."

"여전히 점창 사람들은 성격이 급하구나……."

운상이 검미를 추켜올리자 추송자가 말을 흐렸다.

운호가 운상을 뒤로 제치며 앞으로 나온 것은 추송자가 면포로 얼굴에 배어 나온 땀을 훔칠 때였다.

"우리가 왜 왔는지 아시지요?"

"…알고 있네."

"알고 있다니 다행이오. 그렇다면 우리가 원하는 것도 알고 있겠구려."

"주게. 수결해 줄 테니."

추송자가 체념한 듯 고개를 끄덕이자 운호의 품에서 하얀

비단 천이 나왔다.

그리고 그것을 펼치자 청성과 아미를 제외한 구룡 장문인들의 인장이 찍힌 장첩이 눈에 들어왔다.

장첩에는 화산을 탈락시키고 대신 점창이 구룡에 복원한다는 내용이 담겨 있었다.

품에서 인장을 꺼내는 추송자의 손이 덜덜 떨렸다.

스스로 사문을 나락의 길에 빠뜨리는 결정을 하게 되었으니 인장을 찍는 그의 눈에서 눈물이 철철 흘러내리기 시작했다.

운호는 비단 천을 고이 접어 다시 품속으로 넣고 추송자를 아련한 눈으로 바라보았다.

"아프시겠소."

"……."

"점창은 그대들보다 훨씬 아팠소. 이번 일은 화산의 욕심으로 인해 생겨난 것일 뿐 그 누구의 잘못도 아니오. 그러니 우리를 너무 원망하지 마시오."

"이 원한을 언젠가 반드시 갚을 날이 있을 것이다."

"언제든지 기다리겠소. 우리가 그랬듯이 당신들도 언젠가는 창천으로 날아오를 때가 있을 테니 그때가 되면 언제든지 오시오. 강호가, 무림이… 원래 그런 것이니까… 하지만 이길 수 있을 때까지 기다리시오. 섣불리 덤비면 화산은 기왓장 하나조차 남아나지 않을 테니 말이오. 점창에는 한 번 손을 대면 끝장을 보는 독종들이 산다는 걸 절대 잊지 마시오."

운호는 말을 마치고 천천히 추송자에게서 시선을 거두었다.
늙은 노안에서 흘러내리는 눈물을 더 이상 보고 싶지 않았
다. 그리고 덜덜 떨리는 검으로 자신의 왼팔을 자르는 모습
도······.

―종(終)―

『풍운사일』完

강준현 장편 소설

FUSION FANTASTIC STORY

개척자
Pioneer

『복수의 길』의 강준현 작가가 선보이는
2015년 특급 신작!

글로벌 기업의 총수, 준영.
갑자기 찾아온 몽유병과 알 수 없는 상황들.

"…누구냐, 넌?"
혼돈 속에서 순식간에 바뀐 그의 모든 일상.
조각 같던 몸도, 엄청난 돈도, 뛰어난 머리도 모두, 사라졌다!

스스로도 알 수 없는 낯선 대한민국의 밑바닥부터
다시 시작해야 하는 준영.

"젠장! 그래, 이렇게 산다!
대신 나중에 바꾸자고 하면 절대 안 바꿔!"

그는 과연 이 상황을 극복하고 자신의 운명을
새롭게 개척해 나갈 수 있을 것인가!

Book Publishing CHUNGEORAM

유행이 아닌 자유추구 -
WWW.chungeoram.com

[세상을 다 가져라]

문피아 선호작 베스트 작품 전격 출간!
현대판타지, 그 상상력의 한계를 넘어서다!

권고사직을 당한 지 2년째의 백수 권혁준.

우연히 타게 된 괴상한 발명품으로 인해
과거로 회귀한다!

그런데
과거로 온 혁준의 손에 들려 있는 것은 바로
최신형 스마트폰!

"까짓 세상, 죄다 가져 버리겠다 이거야!"

백수였던 혁준의 짜릿한 인생 역전이 시작된다!

Book Publishing CHUNGEORAM

유행이 아닌 자유추구 —
WWW.chungeoram.com